植民地下の暮らしの記憶

農家に生まれ育った崔命蘭《チェミョンラン》さんの半生

聞き書き
永津 悦子

三一書房

カバーの写真は、
崔命蘭さんが作ったお膳かけをトリミング加工した。

「トラヂの会発表会」近景
2016・10・11　89歳

はじめに

崔命蘭《チェミョンラン》さんの聞き取りを始めたのは、二〇一四年に開催された高麗博物館〔市民がつくる日本とコリア交流の歴史博物館。二〇〇一年開館。東京・新宿所在〕の企画展示会のためだった。展示会の主旨は近代朝鮮女性の歴史・在日朝鮮人女性の歩みをまとめることだった。

私が担当したのは「朝鮮が植民地だった時代の戦時下における農村女性の暮らし」だった。朝鮮総督府の機関誌やその他の雑誌、新聞なども調べたが、女性に関する記述が少なかったうえに、農村女性の詳しい暮らしが分かる資料にはほとんど出会えなかった。

そこで、当時、川崎市ふれあい館〔社会福祉法人「青丘社」が運営。地域に暮らす在日外国人とのふれあいを目指す〕の館長だった三浦知人さんに植民地期の農家の暮らしを知っている方を数人紹介していただいた。在日高齢者交流クラブである「トラヂの会」の方々だった。その中にいらっしゃったのが崔命蘭さんで、聞き取りは二〇一四年五月から始め、その年の九月から始まった企画展「ひたむきに生きた朝鮮・韓国の女性たち」では崔命蘭さんの記憶の一部をパネルにしてまとめ、展示させていただいた。私が作ったそのうちの一枚は、農業をしていた長兄のお嫁さんの夏の日課を円グラフに表し（本書、七一ページ）、説明を加えたものだった。

崔命蘭さんは一九二七年四月、慶尚南道昌寧《チャンニョン》郡霊山《ヨンサン》面城内《ソンネ》里という町の農家に五人きょうだいの末っ子（兄三人、姉一人）として生まれた。数え年八歳になった一九三四年から霊山公立普通学校（一〜四年）、一九三八年から霊山南公立尋常小学校（五・六年）に通い、一九四〇年に卒業した。一九四一年四月に日本で国民学校令が施行されたことから、戦時体制が強化される移行期に学校教育を受けたことになる。

一九一〇年に日本が朝鮮を植民地化して以降、小作農家は増加し、一九三九年時点では八割の農家のうち、さらにそのおよそ八割が小作農家となっていた。しかし、崔命蘭さんの実家は自作地が多く小作地が少ない自小作農家だった。広い畑で大麦を栽培していたそうで、主

聞き取り始めたころの崔命蘭さん
87歳（2014.6.3、ふれあい館にて）

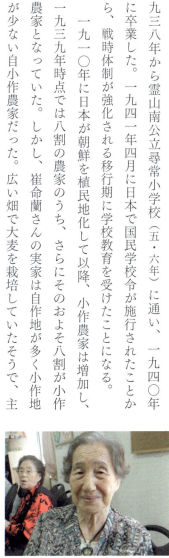

食に困ることはなく、贅沢はできなかったとしても生活そのものは安定していたようだ。

また、朝鮮総督府は教育制度を朝鮮にも作ったが、そこでの教育用語は日本語であるばかりか日本人と差をつけた短い教育年限のものであり、子どもの就学率も低かった〔朝鮮では義務教育が適用されなかった〕。総督府の資料によれば、一九三二年には日本の小学校に当たる普通学校に女子は九一・二％が入学していなかった。その後改善したが、それでも一九四二年時点で女子は六六％、男子は三四％が就学していなかった。日本の植民地政策への反発も根強くあったのだと思う。当時は、裕福な家庭であっても女だという理由だけで教育を受けられない時代だった。しかし、命蘭さんの近所では学校へ行かない女子はいなかったというから、地域自体、女性の教育への偏見や学校教育への抵抗も弱かったのだろう。

この聞き取りの中で、私の関心事は大きく二つあった。朝鮮半島で

88歳（2015.10.14、ふれあい館にて）

は以前から小作農家は多かったが、植民地となって以後は日本の政策によって小作農家がさらに増加した。一九二五年から一九三九年の一四年間に三九万戸も増加している。政府及び総督府の政策は農民の生活にどのような影響を与えたのだろう。

もう一つは、女性差別の強かった時代を女性がどのように生き抜いたのか、だった。朝鮮半島は儒教の影響が強かった。また、植民地となったことで、女性が結婚して妻となると無能力者として規定し行動を制限するという明治民法の考え方も押しつけられた。

展示会が終わってからの二年間、発行された朝鮮女性史研究会の会誌に崔命蘭さんへの聞き取りを三回シリーズに分けて掲載した。掲載に当たって聞き取りをさらに続け、疑問に答えていただいたり、作成した文章を確認していただいたりすることで、より詳しい内容になっていった。

この間、記憶を引き出すための工夫もした。一つは、家を間取り図

お話しする崔命蘭さん（左端、88歳）
（2015.11.11、ふれあい館にて）

（本書、三八ページ）に表しながら、かつての生活の様子を思い出していただいたことや農作業や日常生活で使った道具に着目したことだ。子ども時代を過ごした霊山面《ヨンサンミョン》にある霊山民俗展示館（本書、八八ページ）に展示してあった農具や生活の道具を写真に撮り、それを見ながらお話しいただいた。

さらに、二〇一四年のパネル作りのときの崔命蘭さんの反応がずっと心に残っていた。私がパネルの色の組み合わせを決めかねて、崔命蘭さんに選んでいただこうと思いつき、三種類作ってどれがいいか尋ねたときの反応だ。

「今まで選んだことがないから、そちらで決めて」

選択しながら生きることが当たり前だった私にはその言葉は衝撃的で重く心に引っ掛かった。それからは女性の行動を方向付けるどのような出来事やメッセージが存在したのか、より一層関心を持ち、度々尋ねるようになった。

89歳
（2016.7.1、ふれあい館にて）

　近年のヘイト・スピーチに代表されるように朝鮮の解放後七〇余年を超えた今に至るまで植民地とした影響は続き、在日の方々をも苦しめている。朝鮮半島の人々への加害の歴史やきちんとした植民地支配の清算がされていないことが根底にあるのだと思う。聞き取り内容からさらに困難な生活を強いられた多くの小作農民の暮らしを想像し、理解の一助としてほしい。

　一方、植民地当時の朝鮮半島の農民の暮らしを知る資料は少ない。加害国の責任としてさらなる研究が望まれる。二五〇〇万の人口の内約五〇〇万人が国を越えて移動を余儀なくされたのだから。

　今回、本書を刊行するに当たっては、この中からさらに研究課題を見つけ出したり、植民地下の重圧を強く受けた方々の暮らしの状況の詳細が明らかになる研究が今後より広がっていってほしい、そんな願いとともにまとめてみた。

二〇一九年七月

目次

第一章　渡日まで

家族関係図

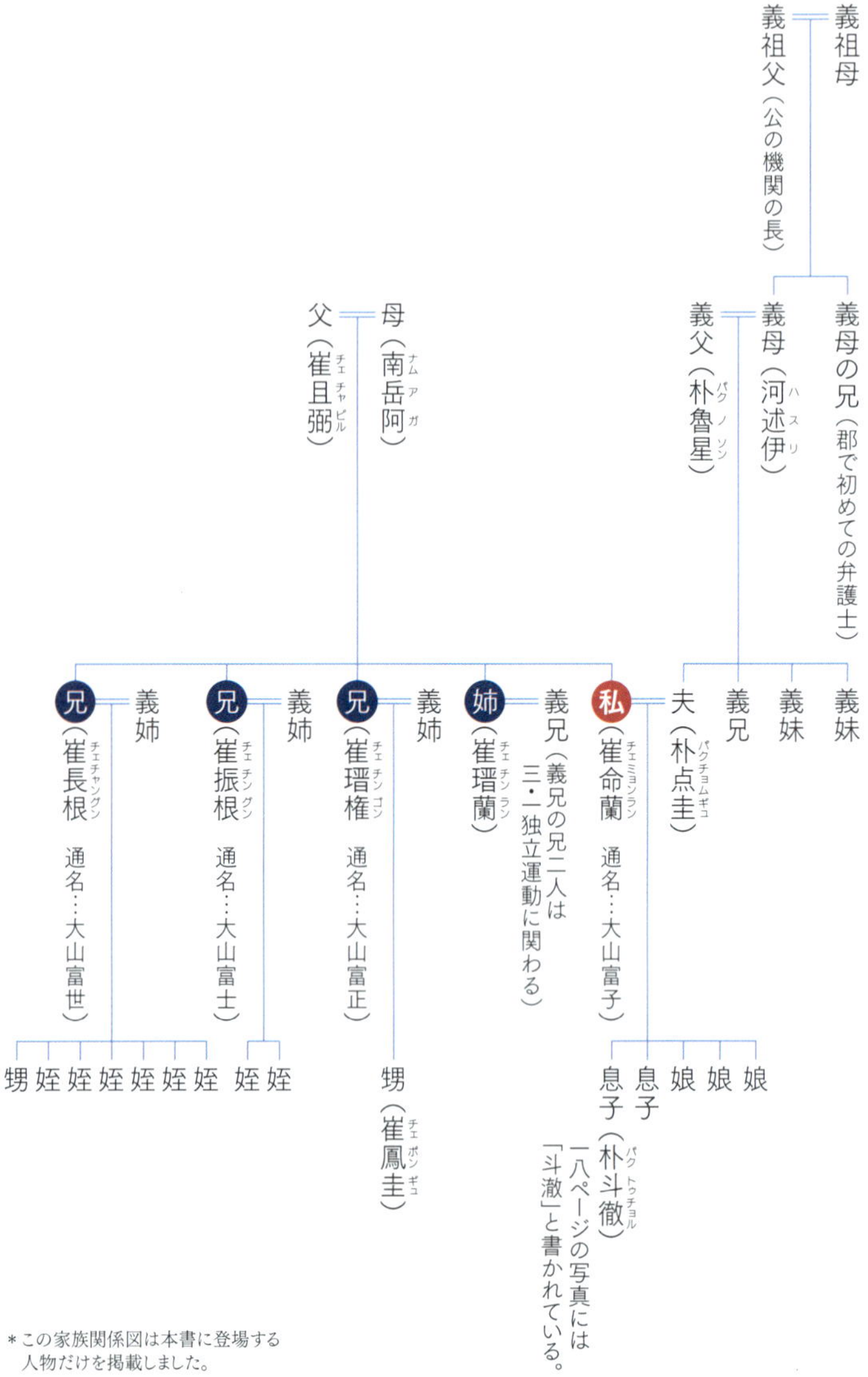

＊この家族関係図は本書に登場する人物だけを掲載しました。

結婚前の家族

私は一九二七年三月二九日、慶尚南道昌寧《チャンニョン》郡霊山《ヨンサン》面城内里《ソンネリ》という町（市街地なので町と呼ぶことにする）の農家に五人兄弟姉妹の末っ子（兄三人、姉一人）として生まれた。届け出たのは四月四日だった。

私が数えで三歳のとき、長兄が結婚し、小学校入学前には次兄も結婚した。物心ついたときには三番目の兄が日本へ働きに行っていたので、家族は父母、長兄夫婦と子三人、次兄夫婦と子二人、姉、私の一三人だった。

数え年八歳になった一九三四年から霊山公立普通学校（一～四年）、一九三八年から霊山南公立尋常小学校（五・六年）に通い、一九四〇年に卒業した。

父母は春になると一般の家に泊めてもらいながら二人で旅行した。

갓（カッ＝黒い笠）を被った父と母
（1965年撮影　崔命蘭さん提供）

「今晩泊めてくれますか？」と、いきなり訪れても泊めてくれる家があったらしい。それが楽しみでいろんな所へ行った。このときお金を払ったのかどうか分からない。父は老人ホームのような所でも遊んできた。

　私は父と遊んだことはなかったが、殴られたこともなかった。髪の毛を編んでくれたこともある優しい父だった。髪の毛は左右両方編んで、それを後ろで一束にまとめる。「髪をほどけば嫁に行く」と言われた時代で、嫁に行ったら三つ編みをほどいて、髪を結い上げた。美容院へは行く必要がなかったし、そもそも美容院自体がなく美容師もいなかった。

　父は運動会には来てくれたが、伝統的な「カッ（黒い笠）」を被ってくるような年寄りだったから子ども心に恥ずかしかった。カッは市場などへ行くときのお出かけ用で、よその家に入っても脱がなかった。カッをしまう専用の入れ物もあった。当時、履物はゴム靴や運動靴が

結婚した女性の髪型
（2018年11月18日 川崎市桜本商店街まつりで撮影）

あまりなく、わらじや下駄だった。はだしの子もいた時代だったが、私は運動靴を履いて学校に通った。わらじは父が稲わらで兄のために編んでいたけれど、履くと痛かった。農業をしていた長兄は地下足袋を履くことの方が多かった。

母は、長兄の嫁がいたので畑仕事はしなかったし、ご飯も炊かなかった。自分の着物がほどけても縫っているのを見たことはなかった。

長兄は私と一七歳離れていた。田植えのとき以外は他人を頼まずに家族だけで農業をした。農閑期には国（総督府）からの依頼で川や崖の石積みの工事を泊まり込みで行くことがあった。「サバルコンサ」といっていたと思う。また台風が来たときのために、川に石を積んだり、墓を造るためにも石を積んだりした。その仕事が終わったら帰って来た。サバルコンサでは綿の軍手がすぐに傷んでしまうので嫁が縫ってあげていた。長兄は私の下駄や体操で使う木刀も作ってくれたが、よその子は買った物だったのではずかしかった。長兄は子どもも七人に増え、働き過ぎて体を悪くして六八歳で亡くなった。

長兄の嫁は二里（約八キロ）離れた田舎の農家出身で、家事や畑仕事、服作り、子育てとたくさん仕事があって大変だったが、口八丁手八丁のしっかり者でよく働き、あまり里帰りもしなかった。

次兄は、私と一二歳離れていて、霊山面の役所に勤めて、副面長もした。いつごろからかはっきりしないが一九四五年の終戦までの間、敵から村を守るため、城内里の南方にある小高い南山に小屋を建て、夜、灯りが漏れないように昼夜交代で見張りの仕事をした。南山は見晴らしがよく、町全体を見渡せた。空襲はなかった。次兄は姉や私の通知表などを預かっていてくれて、里帰りしたとき渡してくれたが、七年前（二〇一二年）に数え九九歳で亡くなった。

次兄の嫁は近所の農家出身だったが畑仕事はしなかった。服作りもしなかった。家の中でご飯運びぐらいはした。次兄家族は長くは一緒に住まず、父母の家を離れ独立した。

崔命蘭さんの帰国を歓迎して撮った写真
後列兄弟姉妹5人
右端が命蘭さん（1965年）
前列がご両親
右下に「斗澈母歸国記念　1965.2.7」と
記入されている（崔命蘭さん提供）

三番目の兄は、国（総督府）のために松の枝を採って油を搾る工場で働いていたので、徴用には行かなかった。その後日本で働いたが、朝鮮に戻ってきて、結婚してから嫁を置いてまた日本に渡った。敗戦前にはまた朝鮮に戻って来た。

姉は私より五歳年上で、近所の裕福な家に嫁入りし、今年九七歳を迎えた。霊山面に健在で、ひ孫もいる。姉の夫の兄二人は、三・一独立運動〔一九一九年三月一日、日本の植民地支配に抗する独立宣言が読み上げられた。総督府の激しい弾圧にもかかわらず、それに呼応した民衆らのデモが各地で繰り広げられた〕に参加したそうだ。このとき殴られて早くに亡くなったが、南山にある石碑には名前が刻まれていると聞いた。

戦争末期、名前を変えさせられて〔創氏改名。一九三九年公布〕表札も全部変えたけれど、使ったりはしなかった。姓は大山、名は、長兄が富世、次兄は富士、三番目の兄は富正、私は富子。女はみんな子をつけた。そのころ、姉は嫁いでもういなかったし、嫁は名前を変えなかった。

今はもう、私が生まれた城内里の家はない。姉や甥姪、いとこたちは、三番目の兄の息子の崔鳳圭《チェポンギュ》を除いて城内里を離れ、ソウルなどいろいろな地域に住んでいる。日本にいるのは私だけになった。

学校でのこと

一九三四年、私は学校に入学した。

当時、日本人用の学校は「小学校」といったが、朝鮮人が通う学校は「普通学校」といった。授業料は一年生が月五〇銭、二年生から四年生までは三〇銭、五、六年生は五〇銭だった。

一九三八年、五年生のときに制度が変わり「尋常小学校」と呼ばれた。

クラスは一クラスだった。田舎の学校は四年生

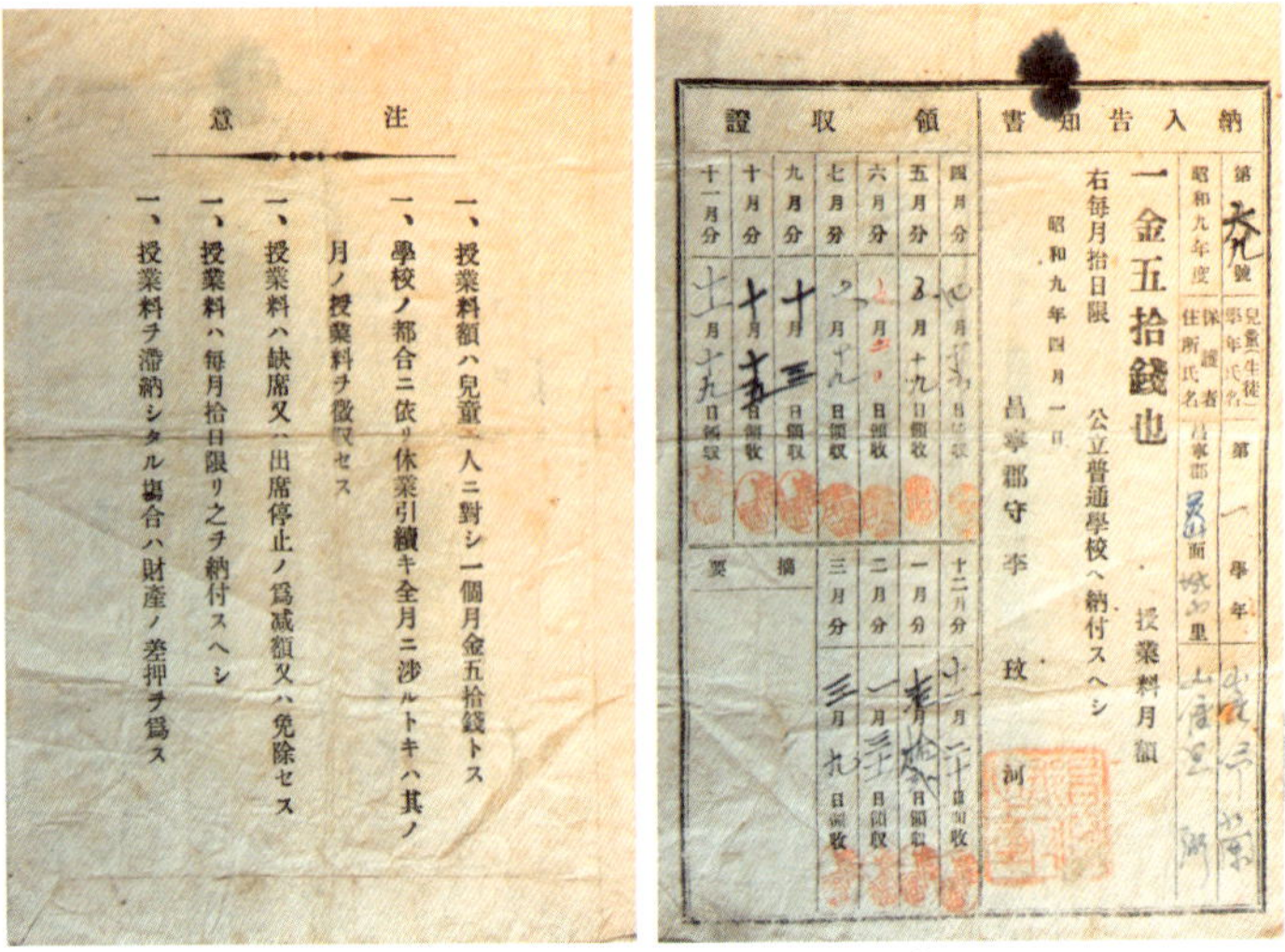

第1学年の授業料納入告知書　右:表　左:裏（崔命蘭さん提供）

までだったので、五年生になると二里離れた所から編入した男の子が一〇人加わり、男五〇人、女二〇人のクラスになった。女は勉強させると生意気になるからと来させない家があったが、私の家の近所で学校へ行かなかった子はあまり見かけなかった。

私は数え八歳で入学したが、クラスには九歳、一〇歳、一一歳の子もいた。今考えたら、いじめられていたと思う。父は売るために栽培していたチャメ（マクワウリ）を盗られないようにと私に見張り番をさせていたが、勉強のできた一一歳の女の子に「チャメの一つもくれない」といじわるを言われたことがあった。

二年生のときどこか痛くて一、二日休んだことがあったくらいで、他に早引きや欠席したことはなかったので、皆勤の賞状をもらった。

昼ごはんは、弁当のおかずになるようなものがなかったので、家まで走って帰って、家で食べて来た。運動会のときは、一番のごちそう

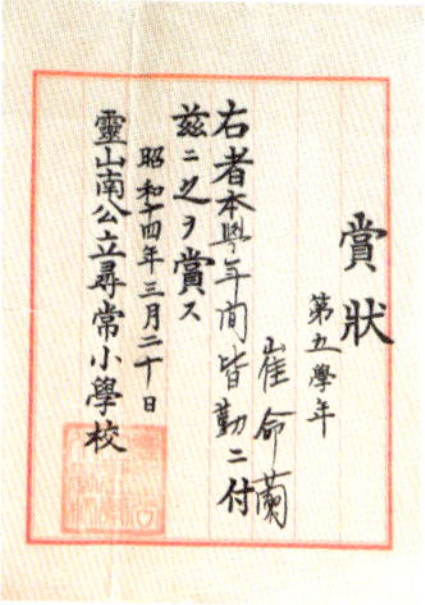
賞状
第五學年
崔命蘭
右者本學年間皆勤ニ付
玆ニ之ヲ賞ス
昭和十四年三月二十日
靈山南公立尋常小學校

賞状　第5学年
（崔命蘭さん提供）

だった緑豆のお粥を姉が作ってくれた。

先生は一人だった。男女別に一つの机に二人ずつ座り授業を受けた。教科は、算術・読み方・書き方（習字）・つづり方（作文）・唱歌・体操・修身・国史（日本の歴史）・朝鮮語。修身は咳払いもできない雰囲気だった。国史は神様の話などで嫌いだった。朝鮮語は一週間に一回だった。二年生で九九を習った。朝、先生が来るまで「ニニンガシ、ニサンガロク……」と大きな声で唱えた。

三年生から日本人教師になった。四年生から六年生までは、九州出身の渡利欣一先生の持ち上がりだった。先生の家にはなかなか行けないが、夜、遊びに行くとお菓子をくれた。もらって食べたことがあった。

当時は国語が日本語で、朝鮮語を生活で使うのは三年生から禁止されていた。名刺大の「国語使用カード」を五枚渡され、朝鮮語を使ったら罰として指摘した相手に渡す。いたずら者の男の子がついてきて

「お前、使っただろ。出せ」と言われたら渡さないわけにいかなかった。その子は良いことをしたみたいになる。先生には何枚残っているかと聞かれた。当時は言葉を奪われるという感覚は無く、そんなものかなと思っていた。

夏休みには、生徒全員が毎朝ラジオ体操をしに行った。先生はいなかったが、責任のある子が名前を呼んで、ハンコを押してくれた。

教室の黒板の上には、二宮尊徳と「リリッコク」〔朝鮮時代の儒学者「李栗谷」と思われる〕の写真が飾ってあった。学校のそばには、日本の方角である東側に階段があって、階段を上った所に鳥居と社《やしろ》〔両手を広げたくらいの大きさ。奉安殿と思われる〕があった。その前を通るときには階段下で風呂敷を置いてからお辞儀し、教室に入った。毎朝、「私ドモハ大日本帝国ノ臣民デアリマス」と唱えて育った。何かある日には、校長先生がモーニングを着た。どこかが陥落したからと先生に言われて、昼は日の丸の旗で「旗行列」、夜は「提灯行列」などにも行った。雨が降らないときに田んぼなどに水を流すためのため池の周りを、「見ヨ東海ノ空アケテ……」などと歌いながら回った。今、右翼団体がやっているみたいに。

六年生の修学旅行は、七里の山道を歩いて、密陽《ミリャン》駅から夜行列車でソウルに行き、帰りも夜行で戻ったと思う。ソウルの「ミナカイデパート」に行ったことを覚えている。お兄さんが日本で働いていたので、旅行に行くときにはおこづかいをたくさんくれた。参加できない人もいた。

卒業式では、「蛍の光」や「仰げば尊し」を歌った。

子どものときにしたこと

学校へ入学する前にも五歳下の赤ちゃんだった甥（もうこの世にいない）をおぶったことがある。

学校に入ってからは、帰ってきてお手玉や石けりなどをして遊んだ。

お手玉は日本の歌を歌いながら、三個でもやった。「昨日ハイロイロオ世話ニナリマシタ。今度東京中学校ニマイリマス。アナタモヨクヨクオ勉強ナサイマセ。オ体大事ニナサレテクダサイ。頼ミマス」という歌は三、四番まであった。「サッサト逃ゲルハロシア人、死ンデモツクスハ日本人」という歌も歌った。石けりは昔からあったが、日本の石けりに似ていて、輪を書いて、きれいな石をなげた。石けりをすると靴が切れて年中怒られた。

学校から帰ると姪の子守りもした。乳飲み子ではなく少し成長した子をおぶった。当時はおしめやおむつはなく、おしりにぼろきれを当てていた。背中でおしっこされたこともあった。

田植えで人を頼んだときには田んぼにおやつ運びもした。

五、六年生ごろから共同井戸の水を担いで台所まで運んだ。農繁期には学校が休みになり、麦の落穂拾いを母たちとした。畑が多く麦の収穫も多かった。麦を刈ると良い麦はよく落ちるので、それを全部拾わなければならなかった。長兄に「拾えばスカートや靴を買ってあげる」と冗談半分に言われた。春三月ごろになると小さい籠にヨモギを摘んだ。つぶした汁を栄養剤の好きな次兄に飲ませた。

学校を卒業してからは、洗濯は雑巾洗いだけやらされた。汚れた雑巾はまとめておいて川で洗った。今でもまとめておいて洗っている。綿の実がはじけてふわふわした綿が出てきたら、綿を集める。綿に含まれていた種を除き、布作りの縦糸と違って横糸なら少し乱れてもいいので横糸を作ったりもした。また、赤ちゃんの面倒もみたがそれで精一杯で、ご飯を炊いたことはなかった。

嫁に行く前には、お膳かけなどに刺繍もした。また、お小遣いがほしかったので、子ども用の三尺絞り、男用の七尺絞りの帯作りもした。帯作りの糸は日本から来たが、絞りの道具は兄が木で作ってくれた。細かい仕事で目が悪くなり、家族から絞りをやめなさいと言われた。昔は「ミシンが一台あって、本物のお釜があればその家は大丈夫だ。

崔命蘭さんが刺繍したお膳かけ
（崔命蘭さん提供）

生活力があるんだ」といわれた。「本物のお釜」というのは、同じ鉄で作ってあっても厚ぼったくてしっかりした、一斗のご飯が炊けるほど大きい真っ黒い釜のことだ。ミシンがあればたいしたものだった。姉が嫁に行くときには親戚のミシンを使わせてもらった。私は姉の婚家のミシンを使わせてもらった。

故郷の名所

故郷には名所が二つあった。

一つは「ハンバク山ヤクムルトン」という、ハンバク山に出る薬水《ヤクス》だ。ハンバク山は小高くて町を見晴らすことができる山だ。その頂きに薬水と呼ばれる水が出ていた。この薬水は田んぼに使ったが、お腹にも体にもいい水だというので、山に登って持って帰る人が多かった。水が出る所は一カ所で、水風呂もあったが入っているところを見たことはな

改良工事中の薬水の出る場所を案内する
崔命蘭さんの甥の崔鳳圭さん
（2017年4月撮影）

かった。傍には食堂がありご飯も食べられた（その後お寺ができ、二〇一七年には水の出る一帯を改良工事していた）。

もう一つは、万年橋という小さい橋だ。これは土と石だけで作られていてアーチ型をしていた。旧暦の小正月、一月一五日の夜に橋（タリ）を踏めば、足（タリ）が良くなると言われていた。この日、女たちは赤飯を炊いたり、ごちそうを作ったりして昼間働いていた。満月で明るい一五日の夜は、橋の近くの女たちは橋を踏みに行った。当時は他に遊ぶ所もなかったから楽しみの一つにしていたのだろう。私は若くて外には出してもらえなかったので、橋を踏んだことはなかった。まして戦争も末期のころだった。

結婚

夫、朴点圭《パクチョムギュ》の母方の祖父は公の機関の長を務めたことがあり、夫の母の実家は裕福だった。夫の母は、二歳年下で以前役所に勤めてい

万年橋（2017年4月撮影）

た義父に嫁いだ。その後、義父は役所をやめて満州に行き、代書屋をすることになった。そこで義母は息子二人（夫とその兄）を連れて満州の義父のもとに行った。ところが、満州で生まれた双子の妹たち（私より一歳年上）が病気になってしまう。それで義母は義父を満州に残し、子ども四人とともに朝鮮に帰ってきた。母子の様子を見て気の毒に思ったのか日本人が子どもをくれと言ったけれど、断ったそうだ。義母の兄（夫の伯父）は村の弁護士第一号だったが、早くに亡くなった。

夫は一八、九歳のころ、川崎の鋼管通りで自転車屋をやっていた親戚に世話になり、トラックの運転手をしたことがあった。夫は私より五歳年上の早生まれで、徴兵制が施行された一九四四年には二一歳になっており徴兵対象ではなかった。夫が嫁探しで朝鮮に戻ってきたとき、私の家では、満一七歳になった私を嫁に行かせないと挺身隊にとられてしまう、大変だという話でもちきりだった。そこで、夫が幼いときに関わりのあった私の父の従姉の仲介で、双方の母親が相手の顔

1927年中国奉天市で撮影した、
夫5歳のころの家族写真
夫は右から2番目
（崔命蘭さん提供）

を見に行き結婚に至った。今のような見合いはしなかった。結婚すると決まってから、その間に何か不幸があってはいけないからと、一週間か一〇日ぐらいして結婚した。

結婚式を挙げたのは一九四五年一月三日。七月に松から油（松根油）をとる国（総督府）の仕事に就いたが、ほどなくして八月に戦争が終わり朝鮮は植民地から解放された。

渡日

いい暮らしをしていた親戚が神戸でゴム工場を経営していたので、夫は神戸に行った。一九四六年、私は夫の後を追って渡日した。当時はまだ日本人と同じように往来でき、私は日本語の聞き取りもできたので、困ることもなく一人で神戸に来ることができた。そこは、他に朝鮮人を見かけない所だった。日本語で話を聞いたり日常使う言葉を話したり、生活が苦しくてもどうにかすることができたのは、学校で勉強したお蔭だ。

神戸に少しいてから、夫が以前住んでいて、友達も多かった川崎に移った。夫がもといた渡田から桜本へ引っ越して来たが、周りは畑ばかりだった。近所には助けてくれる友だちが何人もいて、ご飯なども世話になった。その友だちの中には共和国（朝鮮民主主義人民共和国）や韓国に帰った人、ここに留まった人もいる。ここで子どもが五人生まれ、二〇一九年現在、長男は六九歳になった。

親戚を自分から家に呼んだことはない。呼べばよろこんで来るだろうが、忙しくて見学させるとか面倒をみることができない。

親戚は日本語が分からないから、一から一〇までやってあげないといけない。次兄は大阪万博のとき一カ月ほどいたし、夫の兄嫁も一カ月ほどいたことがあった。もと日本で働いたことがある三番目の兄は戦後日本に来たことがあるが、家には来ずに東京で会った。長兄の子

次男を抱く命蘭さん
（崔命蘭さん提供）

は来たことがあったかもしれない。「叔父さんが大変だから、手伝ってやろうか」という甥もいたが、来ても言葉が分からないから一、二日ならいいが容易ではない。

第二章　自小作農家の暮らし

ほぼ自給自足で

　私が子どものころは、一七歳年上の長兄が中心になって、私が三歳のときに田舎から嫁いできた兄嫁と共に農業をしていた。一時期、一年契約で通いで二〇歳近くのモスム（下働きの男子）に水汲みや農作業をしてもらったことがあった。通常は田植えを除いて他人を頼まず、家族だけで農業をした。

　水田は家で所有しているもののほかに借りたものもあった。借りた水田には貯水池があったが、自家の田にはなかった。田は米だけ作る所もあれば、冬に大麦や小麦を作る二毛作ができる田もあった。米には水田で作る水稲と畑で作る陸稲があったが、私の家では水稲だけだった。陸稲はおいしくなかったが、水田がなくても米を食べたい家では作った。

田植えはたくさんの男たちに手間賃を払ってやってもらった。一〇〇〇坪ほどの田植えを一日で済ませた。女たちは三食のご飯やおやつを作って、頭に載せて田んぼに運んだ。

棚田もあった。棚田のそばには土を掘って作ったウンドンという水の溜め場があった。入れ物の両端を二人で持ち、ウンドンから水をすくい、タイミングを合わせて田んぼの中にほうり入れた。水を入れるのは大変な作業だった。入れ物の材料はもう覚えていないが、水をすくうのにちょうどいい形をしていた。日照りで田植えができないときはそばや栗を植えた。

畑は全て自分の家のもので広かった。畑では大麦、小麦、大豆、小豆、さつま芋の他に粟《あわ》、稗《ひえ》……など雑穀もたくさん採れた。大豆は石臼で挽いて豆腐にもしたし、豆がら〔豆の実を取ったあとの茎・枝・さやなど〕は燃やして、その灰を石鹸の代わりにして洗濯のとき使った。また、畑ではニンニクやトウガラシはもちろんのこと自宅で食べる野菜はすべて兄嫁が作っ

댓돌（石臼）
（2017年4月 霊山民俗展示館で撮影）

た。冬、畑仕事はなかった。

私の家では、主食が大麦、副食はキムチ、具の入った味噌汁があればいい方で贅沢はできなかった。けれど大麦を倉庫に保管して一年中食べたので、食料不足で困ったことはなかった。

味噌や醤油などの調味料は自宅で作り、できた物はかめに入れて味噌がめ置き場で保存した。

調理に使う油はゴマを栽培して作り、灯りに使う油の中にはトウゴマから作ったものもあった。

その他に、綿や夕顔も栽培した。綿から糸を紡ぎ、糸は布に織ってもらい、その布を長兄の嫁が服に仕立てた。夕顔の実は食べるだけでなくパガヂ（ひさご）という生活用品にもなった。米などに交った石を取るのにも使ったし、一番大きいパガヂは柄をつけて便所の汲み取りにも使った。

穀類などを広げて干したり、法事のときに来た人がお辞儀をしたり

바가지（パガヂ）
（崔命蘭さん提供）

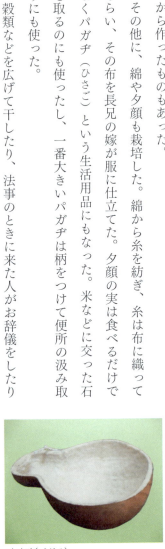

するために敷いた筵《むしろ》は、藁《わら》を手で織って作った。

肥料は、麦や米には化学肥料も使ったが、その他は人糞だった。

藁ぶき屋根は、毎年長兄が作り直した。

学校の授業料や糸を布にする手間賃、石鹸などの衛生用品、その他の生活用品などの代金は、米・カマス（藁で編んで作った穀物などを入れる袋）の供出や換金作物などで賄った。

住まい

石と土で造った塀は、外が見えないくらいの高さだった。その中に、建物は庭を囲むように三棟建っていた。三棟とも屋根は藁で葺《ふ》いてあった。

外から敷地に入るには、道路沿いの建物の端にある「大門《テムン》」という両開き扉の入り口から入った。大門は広かったので油を搾る搾油機の

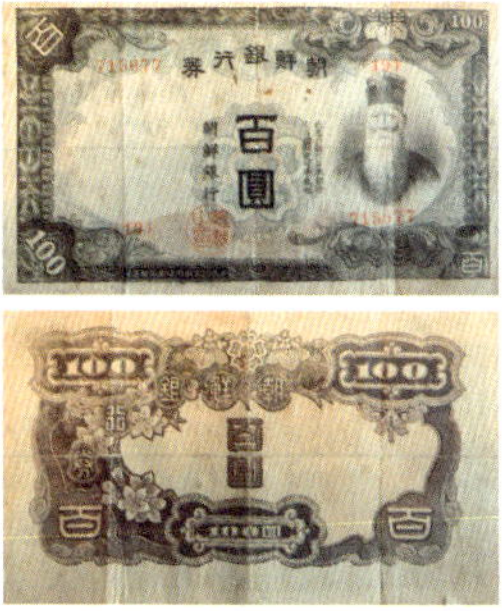

朝鮮でも日本でも使えたお金
上：表　下：裏
（崔命蘭さん提供）

崔命蘭さんの生家

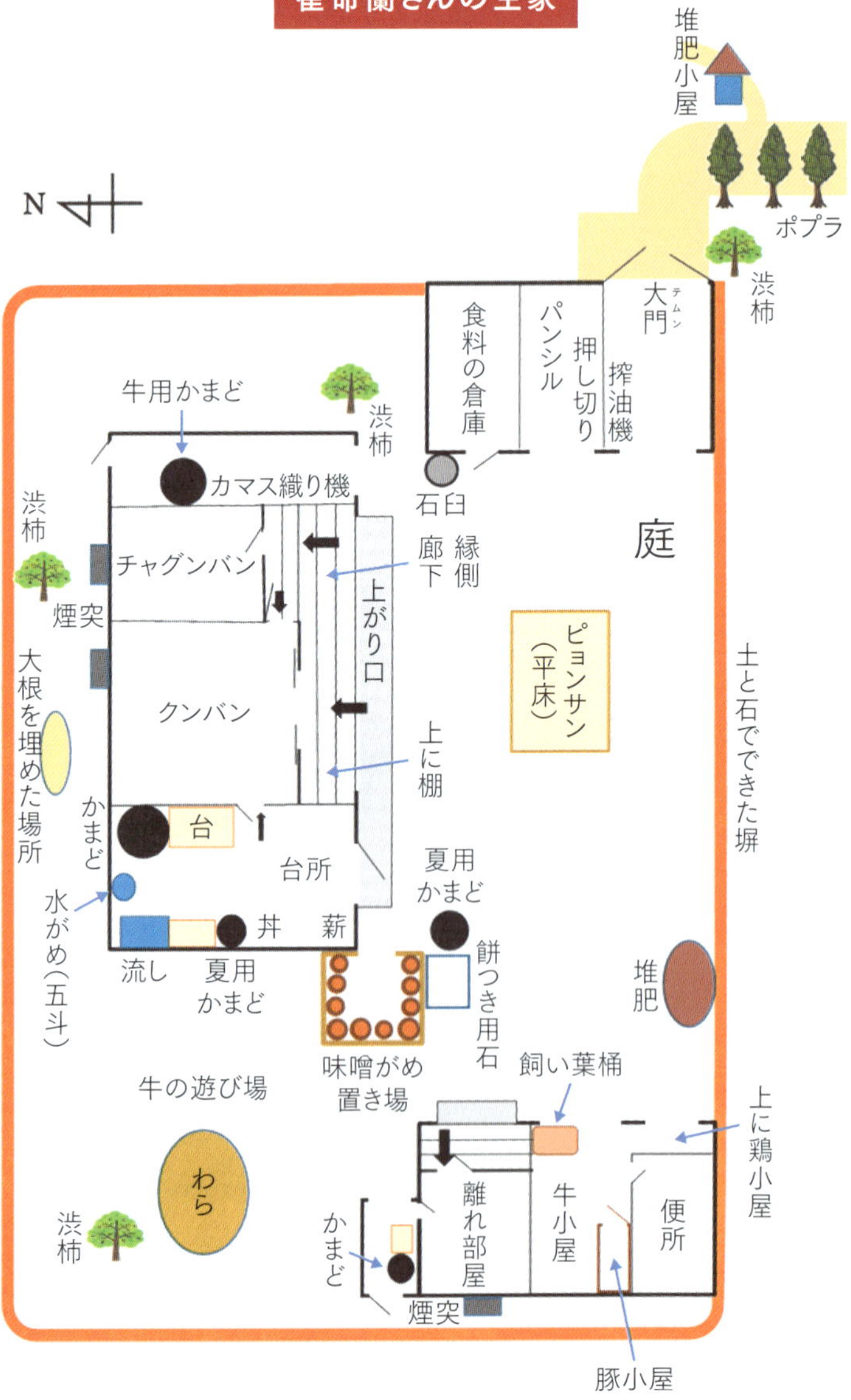

堆肥小屋
ポプラ
N
渋柿
大門《テムン》
搾油機
押し切り
パンシル
食料の倉庫
牛用かまど
渋柿
カマス織り機
石臼
庭
渋柿
チャグンバン
廊下
縁側
煙突
上がり口
ピョンサン（平床）
大根を埋めた場所
クンバン
上に棚
土と石でできた塀
かまど
台
台所
夏用かまど
水がめ（五斗）
井
薪
餅つき用石
堆肥
流し
夏用かまど
味噌がめ置き場
牛の遊び場
飼い葉桶
上に鶏小屋
わら
渋柿
かまど
離れ部屋
牛小屋
便所
煙突
豚小屋

置き場にもなっていた。

入り口の隣の部屋は、穀物の皮をむいたり、粉にしたりする道具である「디딜방아（ティディルバンア＝二人用の踏み臼）」が置いてある「パンシル」という場所だった。昔は精米所ではなく、全部自分で精米製粉をした。この部屋には牛のえさになる藁を切る押し切りも置いてあった。押し切りの柄を足で踏んで藁を切った。

パンシルの隣はキムチや穀物などの食糧を保存する倉庫で、戸を閉めて鍵をかけた。この倉庫は、空気が通るつくりだった。ネズミ退治にはネズミ捕りを置いた。ネコがいればネズミを捕るが、野良ネコ自体あまりいなかった。

この隣の建物の真ん中には、庭から向かって左に「큰방（クンバン＝大きい部屋）」、右に「작은방（チャグンバン＝小さい部屋）」があり、その前には石でできた上がり口、廊下・縁側が付いていて、上がり口に

작두（押し切り）
（2017年4月 霊山民俗展示館で撮影）

靴を脱いでからそれぞれの部屋に入った。飼っていた番犬には小屋がなかったので、夜はこの縁側の下などで寝ていた。

クンバンの左隣は台所になっていて、かまどが二つあったが、クンバン側に据えたかまどは、クンバンのオンドルの焚口にもなっていた。そのかまどの前には五斗入る水がめ、向かいには流し、洗った食器を置く台、夏に雨が降って外のかまどが使えないとき使うかまど、丼《どんぶり》、薪《まき》が並んでいた。流しの上には棚も作ってあって洗った食器を置いた。水がめはもう一つ外にもあった。大根を埋めて保存しておく場所なども台所の裏にあった。夏は暑いので、庭の夏用のかまどでご飯炊きをした。チャグンバンの右には牛用のかまどが据えてあり、チャグンバン用のオンドルの焚口でもあった。焚口から出た煙はそれぞれの床下を通って部屋を暖めてから建物の裏にある雨除けの付いた短い煙突を通って外へぬけた。

クンバンの前の廊下の上にある棚には一人用のお膳が五、六個並べてあった。私が子どものころ、全員が同じ部屋で食事をすることはなかった。孫も含めて男たちはクンバンでお膳を使って食べたが、女たちは台所になっている土間に筵《むしろ》を敷き、藁《わら》製の座布団に座ってかまど脇の台の上に器を載せて食べた。ご飯、汁物、キムチだけの食事でも男たちにはお膳に載せて出した。クンバンと台所との間には小さな窓があり、水などを催促されるとそこから女たちが渡した。父には部屋へ持って行って渡した。

夏は部屋が暑いので外の夏用のかまどで煮炊きし、庭にある「평상（ピョンサン＝縁台のようなもの）」の上で食事した。

台所の脇は「장독간（チャンドッカン）」と言って、味噌や醤油を入れて保存したかめの置き場になっていた。かめは塀で囲んであった。塀は石と土でできていて、屋根がついていた。かめ置き場の前には、餅をつくときに使う平らな石を塀に寄せるように置いてあった。この石は山から運んできたものだった。

장독간（味噌や醤油などのかめ置き場）
（2017年4月 霊山民俗資料館で撮影）

台所の左隣の建物は、向かって右に離れ部屋があり、やはり上がり口と廊下がついていてそこから中へ入った。この部屋は男の部屋だった。父の友だちなどお客さんを接待するのにも使った。その右にも冬、汁もの作りに使うかまどがあり、裏に煙突があった。

私が子どものころ、一三人で暮らしたときには、次兄家族は男の部屋だった離れ部屋、長兄家族はチャグンバン、父母や姉、私、孫はクンバンを使った〔一九三九年忠清南道梧谷里の調査によると九〇パーセント近くが一〜三部屋所有し、一部屋を三人前後で使用したとのことだ〕。

離れ部屋に向かって左隣は牛小屋、そのまた左には便所があった。牛小屋の奥は豚小屋もあった。牛小屋の前には牛のえさを入れる飼い葉桶が置いてあった。

便所には牛小屋の入り口の方から入った。便器は二つあった。手前の便器は用をたしても水が跳ね上がらなかったが、奥の便器は水が跳ね上がるので入りたくなかった。

便所の前、上の方には竹で編んだ四角い大きい籠を吊るして、便所

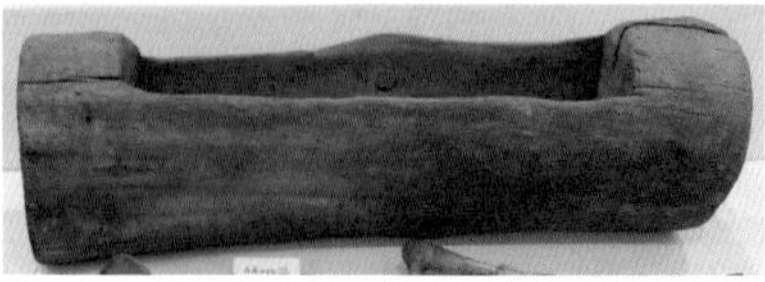

구유（牛の飼い葉桶）
（2017年4月 霊山民俗展示館で撮影）

の仕切りの上に動かないように設置した鶏小屋があった。卵を産む場所にはざるが置いてあった。庭に出ていた鶏は飛んで小屋に入ったし、卵を産むときには自分でざるに入った。籠には片開きの扉がついていた。夜、他の動物にやられないように鶏がみんな小屋に入ったら扉を閉め、朝になると開けてあげた。

　毎年秋になって稲刈りなどの仕事がすっかり済んでから寒くなる前までに、長兄は藁ぶき屋根を作り直さなければならなかったがこれが大変そうだった。まず、藁は長く編んでぐるぐる巻きにし、建物ごとの必要数に合わせて束にしてまとめて置いておき、全部準備ができたらいっぺんに三棟とも新しくするのだった。当日は藁ぶき仕事をする人を二人頼んで、一日でやり終えた。

　藁屋根は雀の寝床にもなっていて、そこでひなが生まれてもいた。男たちは藁屋根に手を突っ込んで雀を一、二羽捕まえて火で炙って焼

새끼줄（藁縄）
（2017年4月 霊山民民俗展示館で撮影）

いて食べた。雀は最高においしかったらしい。ところが、女は雀を食べると瀬戸物の器を割るからと女にはくれなかった。だから食べたことはない。私と同じ「トラヂの会」の趙貞順《チョジョンスン》さんも同じことを言っていた。趙さんは慶尚北道大邱《テグ》の出身だ。

冬はオンドルで部屋を暖め、夏は蚊帳《かや》を吊った。夏の暑いときには庭のピョンサン（本書、三八ページ）の上で寝たり、男はゴザ一つ持って市場へ行って寝たりした。

家の中の灯りは、ブリキ製の物や二種類の陶器製の物（少し窪みのある皿の中に綿をよって作った芯を入れる皿型の物とポット型の物）を使って灯した。ブリキ製の物やポット型の物には石油を入れ、皿型には畑に植えてあったアジュカリ（トウゴマ）の種を絞ったヒマシ油を入れた。普段は石油を入れるブリキ製やポット型の物を使った。ポット型の物は「ホロンプル」と言った。暗くなって灯りを灯して起きていると、

皿型の灯り

石油がもったいないと注意された。兄嫁がお産をしたときは、石油の匂いは体によくないからとヒマシ油を入れる皿型のものを使った。私の結婚式のとき、家の外を照らすのにガスカンテラを使った。

風呂はなかったので、夏、男たちは川の水で汗を流し、女たちは人に見られない所で身体を洗った。冬はしなかった。私が嫁に行くまで近所には共同風呂もなかった。一二キロ離れた私の嫁ぎ先の町には共同風呂があったが、行ったことはなかった。独立した次兄の家には鉄製の風呂があった。

食糧生産・食事

田で作る二毛作の麦は硬いが、畑の麦は柔らかくて食べやすかった。田んぼで大麦、小麦の両方を作る家があった。私の家は田んぼでは米

등잔대（燈盞台）の上に乗ったポット型
（2017年4月 霊山民俗展示館で撮影）

以外に大麦だけ、たくさんあった畑には大麦と小麦を作ったと思う。麦は収穫したら二、三日乾かし、カマスに入れて穀類やキムチなど、作った物をなんでもしまう倉庫に入れ保存した。籾《もみ》は専門の所へ持って行って取ってもらった。それ以前は水を入れて籾取りをしたので、乾かしながらやる大変な作業だったそうだ。食べるときには、自宅のパンシルで踏み臼（精米・精麦の道具）に水を入れて皮をむいた。二人で踏む板があって、踏むとギッタンバッコと板が上がったり下がったりして板の先で穀物を搗《つ》き、もう一人が搗いた穀物をふるいにかけた。三人がかりでも大変な仕事だった。私は結婚前ご飯を炊いたことはなかったが、お餅を作る粉作りはしたことがあった。大量の粉作りはやはり大変な作業だった。

小麦は硬くて家で搗けなかったので八～一〇キロ離れた「물방아（ムルバンア＝水車）」まで牛車に積んで運んで行って粉にしたと、幼いころに聞いた。

물방아（穀物を搗く水車）
（2017年4月 霊山民俗展示館で撮影）

디딜방아（2人用踏み臼）
（2017年4月 霊山民俗展示館で撮影）

水車は私のいた霊山面にはなく水の豊富な川がある隣りの桂城面《ケツンミョン》にあった。戦争末期には精米所ができたので水を使わずにすみ、便利になった。

幼いとき、霊山面で一番金持ちの家の「トルパー」を見たことがあった。両手を広げたよりも大きい石に取り付けた太い棒を牛が引っ張って石をぐるぐる回し、下に置いた穀物を挽いた。この金持ちは辛《シン》さんという両班《ヤンバン》〔高麗、朝鮮王朝時代の特権階層。文官と武官の二つの班を指していう。貴族階級の人々を指していう〕で農地をたくさん所有し農家に貸していた。収穫時には小作料の米を積んで辛さんの家に運ぶ牛車が私の家の前をたくさん通った。辛さんは校洞《キョドン》という町に住んでいたが、校洞には辛さんの親族と雇人しか住んでいなかった。〔当時、小作料は五、六割が普通だった。崔命蘭さんの甥の崔鳳圭さんの話では、辛さんの土地の小作料は他と比べてだいぶ安く、辛さんは村人に慕われた地主だったとのことだった〕

霊山面には町が三つあった。西里、東里、私が住んでいた城内里。その他は村だった。辛さんの家の周りには辛さんの家で働く雇人の家族の家がたくさんあった。辛さんの兄弟や従兄の名前には「容《ヨン》」とい

연자방아（トルパー）
（2017年4月 霊山民俗展示館で撮影）

う字が使われていた。容文、容国、容伯、容出というように。

一年を通して主食は大麦が中心で、白米だけで炊くのは法事など特別なときだけだった。そのときは最初のとぎ汁は捨てて、二、三回目のとぎ汁を味噌汁に入れた。秋、米を収穫した後は、米を大麦に入れて炊いたけれど、米が麦より多くなったことはなかった。米を少しだけ入れて炊くときは、麦の真ん中に米を置いて炊き、年寄りにあげた。昔は、「白米を食べたかったら日本に行って、お金を儲けたかったら満州へ行きなさい」と言われていた。あずき粥はごちそうだった。

おかずは、キムチ、具の入った味噌汁があればいい方だった。

日照りのときは、田んぼにソバや粟を植えた。

私の実家のことではないが、麦の収穫前で柿の花が落ちるときはお客さんに食べさせる物がないので、嫁入りした娘は「お母さん、いつ

辛さんの家々、駐車している車の後方まで屋敷が広がっている
辛さんの家の前にトルパーの石が残されている
（2017年4月撮影）

来てもいいけど、この時期だけは来ちゃいけない」と言うと聞いたことがあった〔この時期のことを総督府や新聞では「春窮期」と記している〕。

野菜は、家から歩いて二〇、三〇分かかる畑で兄嫁が作っていた。ほかの家の野菜はどんな肥やしをやっているか分からないので、買って食べるようなことは絶対せず、自分の家で作った物を食べた。

さつま芋は三〇〇坪作り、男は忙しくて手が回らないため、芋掘りは女がやった。ジャガイモは作らなかった。さつま芋は昼飯にもしたし、冬には台所で保存しておいて食べた。芋だけでなく、茎や葉も食べた。茎や葉は軒下につるして乾かして保存し、茹でて食べた。また、種芋にもした。種芋は春になったら芽が出るように凍らない所において冬を越させた。春、芽が出て成長したら、二枚葉がついた茎を切って一本の苗にして植えた。麦がない貧しい家ではさつま芋を朝も晩も主食にしたと聞いた。

ホバク（韓国南瓜）は畑の隅に植えてあった。冬近くに実をつけたホバクは畑にそのまま置いておかず、寒くなる前に全部収穫して片付けたから食べきれないほどあった。そこで、切って、よく乾く屋根の上で干してから保存し、味噌汁のたねにした。

用途に合った大きさのパガヂや干ぴょうにするため、いろいろな種類の夕顔も栽培した。家の脇に植えた夕顔は、藁ぶき屋根まで伸びて実をつけた。早くにとって煮て食べたらおいしい。鶏肉と一緒に煮るととてもおいしかった。熟したものはパガヂにして、水や汁物、穀物や肥やしをすくうのに使った。また、お米を研いで洗うとき、竹で編んだ「대조리（テヂョリ＝竹笊籬）」という道具ですくってから、最後にパガヂを二つ使って米に混じっていた石をとった。パガヂの内側に繊維の線があり、石がこぼれてしまわずパガヂに残るので、石をとる作業に便利だった。穀類だけでなくゴマも、またその他の食べ物もパガヂできれいにした。このように昔はパガヂが生活になくてはならな

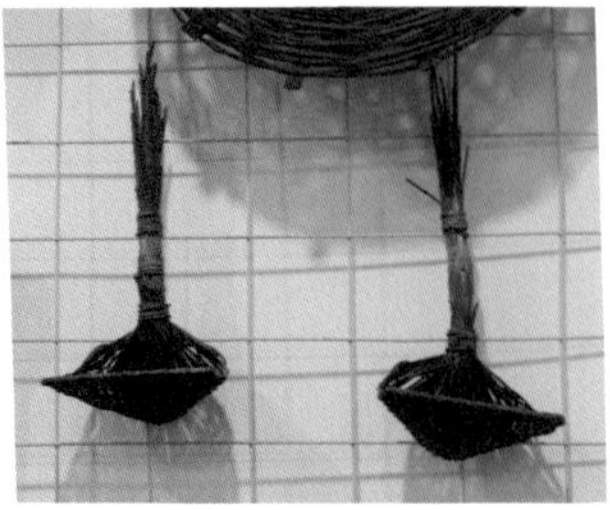
대조리（テヂョリ竹笊籬）
（2017年4月 霊山民俗展示館で撮影）

い物だったから夕顔はパガヂ作りを優先した。パガヂにするような実がならなくなった夕顔が最後のころにつけた実は果肉を細長くむいて干して保存し、干ぴょうとして食べた。

モヤシも自分の家で作って食べた。水を切らさないようにして気をつけた。日本に来てからも、緑豆で作った。

ナムルは法事のときだけ作った。「ピビンパ（まぜご飯）」という言葉はあったが、わざわざ作って食べることはほとんどなかった。

干し菜は、冬、味噌汁などに入れて食べた。主に大根や白菜の葉などから作った。大根は、冬、凍らないように、家の後ろにあるこんもりとした地面を掘って埋め、春まで食べた。

市場が五日に一回開かれ魚を買うこともあった。けれど、魚はお金がかかるからふだんは買わなかった。干物は売っていなかったので、イワシやサバなどの生の魚を買って塩漬けにしたり、干したりして保存して食べた。私は魚の真ん中の部分を食べたことはなかった。家族が多いから、お父さん以外は頭としっぽを食べるくらいで、魚の真ん中は口には入らなかった。

ふだん飲むお茶は、麦茶やおこげ茶だった。おこげ茶は大麦を炊いた釜に水を入れて作った。

甘酒は、うちの方では「シッケ」と言わず「チュムジュ」や「タンスル」と言った。チュムジュは麦芽粉を水に溶かして、そのきれいな上澄みに蒸かしたもち米を入れて作った。タンスルは残った大麦のご飯で作ったり、水入り麦芽粉をそのまま入れて作ったりしたものだ。結婚式のときにはチュムジュを六升くらい作って親戚の家に持って行った。もち米と麦芽粉を三升ずつ入れて半日から一日かけて保温し、

現在の霊山市場（2017年4月撮影）

さらに煮る。すると砂糖を入れなくても甘くて、最高の味だった。

うちの方で「シッケ」というのは、乾かした塩漬け太刀魚の上に、ご飯とトウガラシの粉を混ぜて載せ、その上に柿の葉を乗せて発酵させたものだと思う。麦芽粉も入れたと思うが、昔のことではっきりしない。家ではお父さんの誕生日前に太刀魚を買って塩漬けにし、シッケを作った。酒のつまみになり、今でも韓国の市場で売っている。

ミスカル（麦こがしのような粉）は、夏、一番やわらかい大麦を煎って、お金のある人はもち米も煎って、これを合わせて水を入れ砂糖で甘くして飲む。

マッコリ（ドブロク）は小麦を精麦して出た皮を水に混ぜて発酵させたヌルッ（麹）を、蒸かしたもち米やうるち米、残った麦ご飯などに入れて作る。当時は密造になるから、調べに来たら捕まってしまうので作らなかった。

酢も作った。元の酢に買ってきたドブロクを入れて振っておいてお

霊山市場内の食堂のメニュー「シッケ」（2017年4月撮影）

くとできた。酢はいつも切らさないようにした。

ゴマ油も年一回、秋に二日間かけて一年分の油を作った。ゴマを炒って、潰し、蒸かして、しまってあった道具を取り出して油を搾った。木の板の上に石で作ったおもりが三つ乗せてあったのを覚えている。一年間使う油だから、味が変わらないように塩を入れておいた。

エゴマは今のように注目されていなかったので、おこしを作ったり、味噌汁に入れたりした。味噌汁ができ上がるときに石臼ですったエゴマを入れるとおいしかった。

アジュカリ（トウゴマ）は油を搾って、皿型の灯りに利用したり、油を髪につけたりもした。また、葉も食べた。アジュカリは畑の端に植えてあり、若い葉を収穫したら干して保存した。

旧暦一月一五日の小正月の日は、朝早くご飯を作って食べた。まず、

기름틀（搾油機）
（2017年4月 霊山民俗展示館で撮影）

お酒を飲む。この日はお酒を飲んでも怒られない日だった。それから、アジュカリの葉にご飯を包んで食べた。今は海苔に包むようになった。おかずにはナムルもあった。生のニシンや豆腐が入ったおつゆもあった。この日飲むお酒を「キパルギスル（耳にいい酒）」と言った。耳が良く聞こえるようになって、一年を無事に過ごすことができるという意味ではないかと思う。

この一月一五日の夜は「タルシンダ」という行事も行った。村毎に松の木を採ってきて村の小高い場所に積み上げて燃やした。中には道端で燃やすこともあった。この一年がいい年になるようにと願って行ったのではないかと思う。真夜中の一、二時ごろ、月が満月だった上に村毎に炎が上がってきれいだったことを覚えている。私たちの町は南山で燃やしたので、家の方から眺めることができた。

実は、一月一三日は法事の日だったので、一五日までの三日間が毎年大変だった。法事は一三日の夜一二時過ぎから行われる。そしてこの真夜中の法事を済ませてから、来れなかった家に作ったごちそうを届けに行かなければならなかった。当時は物のない時代だったので、ごちそうは喜ばれた。でも一五日の小正月のごちそうを朝早く食べるためには、一四日の夜にはご飯を炊き、また準備をしなければならない。本当に大変な三日間だった。

父は酒を飲まなかったので、いろいろな餅を作ってあげた。

ヨモギ餅……春の初めにヨモギを採って、うるち米を粉にしてヨモギを混ぜ、蒸かせば餅になる。

松皮餅（ソンギットッ）……春よく作った。春は松の木に脂がのる季節で内側の皮が剥きやすくなるので皮をとって乾かす。茹でると赤くなった。それを餅米に入れた。正月にも作った。

キスク餅……キスク〔母子草。田んぼの畦道や山に生えていた。黄色い花をつける〕と餅米で作った。餅の中で一番おいしかった。

筆者の自宅裏に生えた母子草
（2016年4月撮影）

冬、結婚式をしたときにも餅を作った。白米を水に漬けて、膨らんだら水を切る。親戚の女三人がパンシルで粉にしたが、特に細かいふるいに何回もかけた。蒸しあがったら、庭の餅つき用の石の上で、男たちが餅つきをした。その石は山から持って来た平らな石だった。

水あめを作り、米、大豆、黒大豆、粟、ゴマ、エゴマなどを固めてウリ（おこし）も作った。水あめ作りは一晩中かかるし、部屋は暑いし大変だ。正月に年寄りにあげ、あいさつに来た人にもあげた。

水あめの作り方

❶米に麦芽粉を入れて甘酒（本書、五二ページ）みたいにする

❷作った甘い汁を麻布でしぼって、煮詰める

ウリ（おこし）の作り方〈米の場合〉

❶白米を蒸かす
❷蒸かした白米を凍らす（お菓子を柔らかくするため）
❸②を干す
❹③を煎る
❺④を水あめで固める

母が山に行くのが好きで、春の桔梗やワラビ採りには私もついて行った。山から掘ってきた紫の桔梗の根は干して法事に使った。薬として使う白い花の桔梗は山にはなかった。高麗人参も山になかったし、ツル人参も見たことはなかった。貧しい人が山に行ってドングリを採って、水に浸けてあくを抜きご飯に入れて食べたと聞いたことがある。あくを抜いたドングリを粉にして「ムック」を作ることができるが昔は食べなかった。

山では栗も拾った。栗が落ちるとき、いがに実が入ったまま落ちた実よりいがから外れて落ちてきた実の方が熟していておいしかった。このことから何か思いがけなく良いことがあったとき「アルパム　チュムヌンダ（中身だけ拾う）」と言った。

畑では花が咲く前のタンポポやヨモギを採った。土手や道にはタンポポと一緒にタンポポに似て苦いシンネンイ（苦いヨメナ）も生えていた。生をヤンニョム（薬味）であえて食べた。畑のノビルを父が採ってきたときは、長兄の嫁と私とでキムチにした。

渋柿の木が家の入り口に一本、敷地内に三本あったけれど、甘柿はなかった。冬に干して法事のときに使い、リンゴ箱に入れておいて柔らかく甘くなった柿はお父さんにあげた。硬い渋柿はお湯と一緒に樽に入れておけば朝になったら甘くなった。当時は、初めてなった実を女が先に食べたら、実がなるのは一年おきになると言われた。そんなものかと思っていた。

現金収入になった作物や仕事

換金作物として栽培したのは、ゴマ、アズキ、チャメ（マクワウリ）、綿、タバコだった。

チャメが盗まれないように、お父さんは三〇〇坪を超えるチャメ畑を一日中見張るための屋根付きの見張り小屋を建てた。小屋には梯子を設置し、上った部屋に夏は夜蚊帳を吊って、お父さんが見張りをした。夏休みの昼には、私も勉強道具を持って行って見張りをした。チャメは大事な売り物なので私は畑に入って採ったりしなかった。三歳年上の同級生に「あんなにあるのに一つもくれない」と悪口を言われたことがあったが、親にいやな思いをしていたことは言わなかった。

綿は秋に刈ったら、自分の家の山の平らな所に生えている草の上に

カマスの作り方

①縄をなう　②織り機で織る　③端を縫う

※朝鮮に縄やカマス作りの機械を売ろうとした日本の機械販売会社の資料から
（資料提供：民族問題研究所）

束にしてまとめて干しておいた。実がはじけて出てきた綿を二、三日おきに取りに行った。一番初めにとったものは質が良い。集めるのは女の仕事で私もやった。綿は売ったり（供出を含む）、種をとって糸に紡いだりした。糸は布に換えてもらって、長兄の嫁が家族の服や頼まれれば親戚の服も作った。

タバコは葉を乾かして売った。藁を機械も使って織ったカマスや米は、供出対象だったので現金化された。鶏が産んだ卵は、家でも食べ、お客さんにも出し、売ったりもした。私はお小遣いが欲しくて、日本の絞りの帯作りをした。

肥料

部屋には、夏は瀬戸物の、冬は真鍮の小便用の「ヨガン」が置いてあった。溜めた小便は朝起きたら外に置いてあるかめのような物に入

요강（ヨガン）
陶器製
（2017年4月 霊山民俗展示館で撮影）

れ、さらに大きいかめに入れて発酵したら畑に持って行き野菜にやった。

便所の糞尿はまとめて桶に汲み取っておいて発酵させ、チゲ（背負子）という担ぐ道具を使って畑や山に運び麦などに撒いたが、野菜などにはやらなかった。麦、米には化学肥料もまいた。

動物小屋の入り口前を堆肥置き場にして、牛や豚の糞尿がかかった敷き藁を溜めたが、雨が降ると栄養分が流れてしまうので、家の前に建っていた小屋を買い取って堆肥小屋にした。堆肥は牛や豚の敷き藁にさらに糞尿をかけて作ったと思う。

물지게（水運び用チゲ）
（2017年4月 霊山民俗展示館で撮影）

飼っていた動物

牛一頭、豚一～二頭、鶏、番犬を飼っていて、手が空いてる人が世話した。うさぎを飼ったこともあった。

牛は田畑を耕すのに使った。兄がシャベルのような形をした犂《すき》を持って、牛がそれを引っ張り耕した。牛はゴムタイヤが二つ付いた荷車を引いて荷物も運んだが、道が狭くて家の中までは運ばなかった。

牛のえさを作るとき、「押し切り（カッターのような道具）」で切った藁を栄養のある大麦や米のとぎ汁で煮たら、政府から調べに来た人に「煮ないで食べさせなさい」と牛用の大きな釜をひっくり返された。政府の指導は厳しかった。当時、日本人は警察署長や学校の校長になっていて、役所で働いていた一般の職員はほとんどが朝鮮人だった。だから、直接指導に来て釜をひっくり返したのは朝鮮人だった。同じ朝鮮人がひどいことをする、そういう時代だった。夏は「牛飼い」と言って、牛を外へ連れて行って生の草を食べさせた。父や母が牛飼いをすることもあったが、私も一、二回やった。女が牛飼いに行くと言うと極まりが悪いから、食事を野良まで頭に載せて運ぶついでにやった。所有者のいない草のある所まで連れて行って食べさせた。

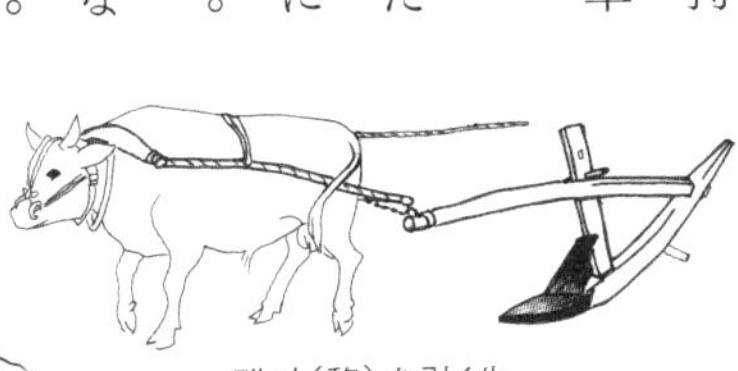
쟁기（犂）を引く牛

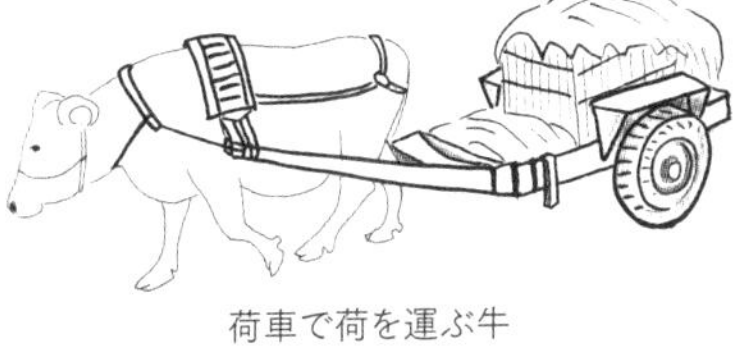
荷車で荷を運ぶ牛

借りて育てた牛が子どもを産んだら、育てた人が子牛を一頭もらえると聞いたことがある。

豚は育てて子どもを生ませたり、結婚式のときには家でつぶして（他人に頼むこともある）ご馳走として出したりした。血はスンデ（腸詰め）にした。

鶏が産んだ卵は食べたり、売ったり、ヒヨコにかえして育てたり、ヒヨコを売ったりもした。鶏小屋は、寝場所と卵を産むときに入る小さいざるとに分かれていた。卵を産むざるには卵を一つ置いておいた。すると、朝になって庭に出された鶏は、卵を産みたくなると自分でざるに入って卵を産んだ。鶏が卵を暖めるのには時期があり、暖めるとヒヨコが生まれた。ヒヨコは有精卵からしか生まれないことが不思議だったし、生まれたヒヨコはピヨピヨ鳴いてかわいかった。成長した鶏をつぶして食べたりもした。

焚き木

夏にはかまどで麦藁を燃やした。麦藁はパーッとよく燃えて暑くて大変だった。

お盆のとき、墓の周りに生えた小さい雑木（そだ）や雑草等を刈ってきれいにしたときに出た柴を焚きつけに使った。アカシアの木（白い花が咲く）は刈っても必ず毎年出るので切って焚き木にした。

秋になったら、畑から綿の木を抜いて収穫し、干して、綿の実が開く度に綿を集め、全部開き終わったら家に運んで焚きつけにした。

秋には豆がらを燃やし、その灰をとっておいて洗濯のとき石鹸のように使った。

松葉は燃やすのに最高だが、自分の家にそんなにないから使わなかった。松葉は、商売人が山奥に行って採って枕みたいにまとめてから持って来て市場で売っていた。

法事

法事（チェサ）には親戚がみんな来た。盆や正月には廊下に法事料理などのお供え物を置き、庭に筵を敷いた。四、五人縁側に、他の人は筵の上に立ち、みんなでお辞儀した。明け方の薄暗いときから親戚の家だけではなく近所の年寄りのいる家などを訪問し始め、二軒目で朝ご飯を食べた。午前中の一一時ごろまでに三、四軒回った。

法事は長男の家がやるしきたりだった。父は末っ子だったが、きょうだいに男がいなかったから法事をすることになった。長男が先祖を祭る行事を行うため、長男の家が傾かないようにきょうだいが助けた。また、男が生まれない場合は、妾を置いても文句は言えなかった。

占い

占いを専門にやっている人が町の中にいた。ただ話をするだけの人や本を用いる人などいろいろだが、嫁になる相手について一緒になってもいいかどうか、病気のときどうしたらいいか、寿命はどれぐらいか等そこに行って話を聞いたりした。家にある占いの本を見て参考にしたりした。占いは人によって好き嫌いがある。お金がかかることだから、行っても年に一回ぐらいだった。

毎月旧暦一日は髪をとかさない、爪を切らないという言い伝えがあった。占いではないけれど最後に付け足しておきたい。

第三章　自小作農家の女性

家事を仕切るのは長兄の嫁

私は母が数えで四〇歳のときの子どもだった。私より一五歳上の長兄の嫁は、私が三歳、姉が八歳のときに嫁いできた。私が子どものころは、次兄の家族四人も同居していた。

長兄の嫁も次兄の嫁も農家出身だったが、長兄の嫁は田舎から、次兄の嫁は近所から嫁いできた。長兄の嫁は、まず男の子一人、その下に六人の女の子を産んだ。一番下の子は四、五歳で亡くなった。下の三人が生まれる頃には、次兄の家族は独立し実家を離れた。

私が学校に行っていたとき、五歳上の姉が家でどんな仕事をしていたのか分からない。姉は私が一四歳のときには嫁に行った。母は畑から野菜を採ってきたが、家事はほとんどしなかった。

次兄の嫁は、畑仕事はせず家の中の仕事をした。水汲みや台所の片

長兄の嫁の一日（夏を中心に）

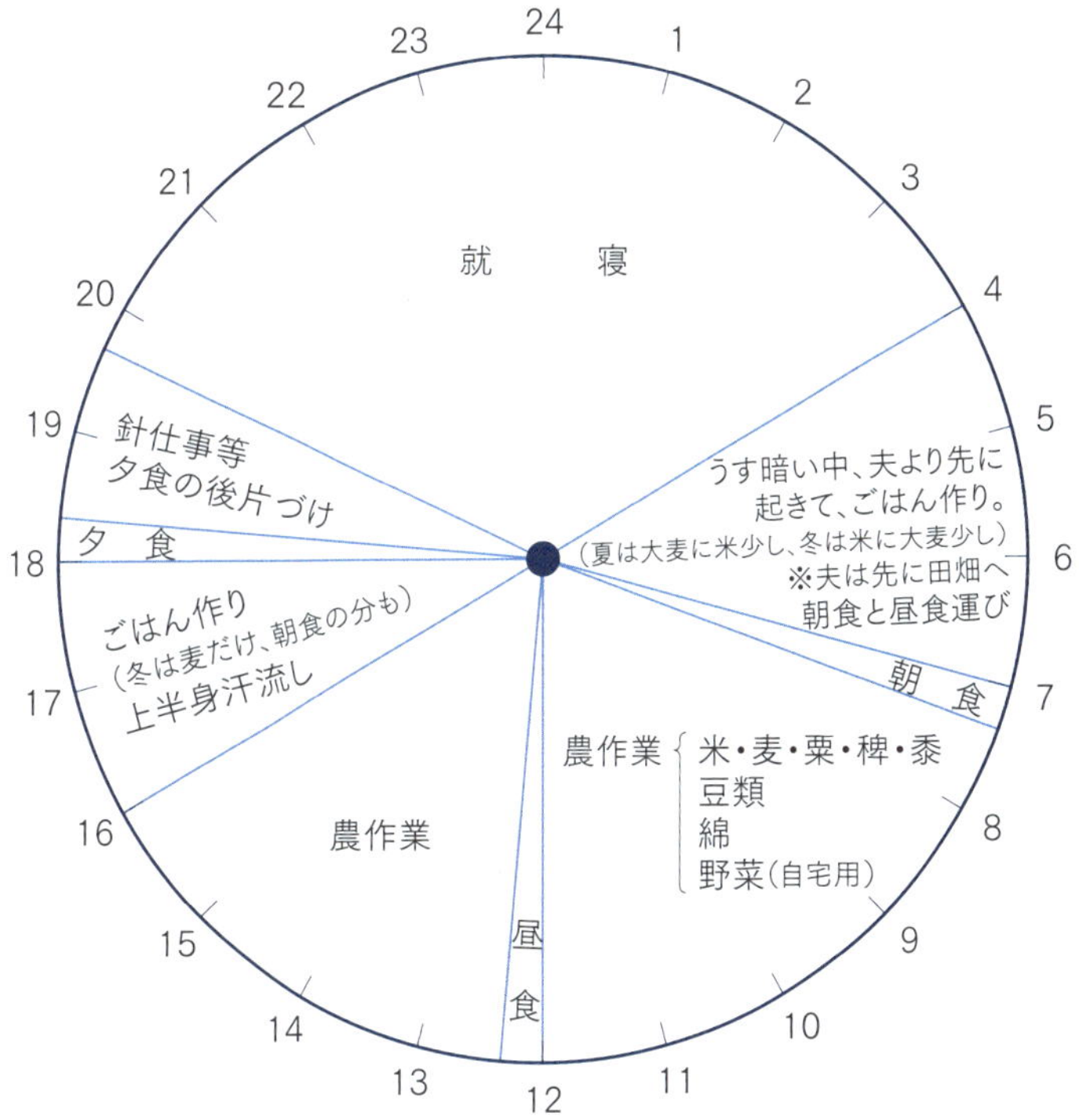

付け、ご飯運びぐらいで、田舎育ちではないため糸紡ぎや服作りはしなかった。

　結局、長兄の嫁が農作業のない冬期以外の米や麦、豆、雑穀、綿などの農作業全体に携わった。また、女たちを仕切って家事もやっていた。ご飯作り、水汲み、洗濯、糸紡ぎ、服作り、育児。自分の子どもだけでも六、七人いて、子育てだけでも大変どころではない。その他にも家族がいて、仕事もいろいろあって本当に大変だった。でも、長兄の嫁は器用で、民族服の仕立てをはじめ家事も上手にとりしきり、何でもできる働き者だった。

　当時は、朝、女が用もなく他の家を訪れるものではないというのが常識だった。今でも朝方に女性から電話がくるのは好まない。

ご飯作り

長兄の嫁は、夏の朝の薄暗いうちに夫より先に起きて、朝食と昼食のごはん作りを始めた。一年中三食とも主食にした大麦は、水に漬けておいて、こねるようにして洗うので爪が無くなった。丸い大麦だったので平たい大麦より煮えやすいが、それでも二回煮なければならないので時間がかかった。

長兄は先に田畑へ行き、農作業をした。ご飯が炊きあがると、嫁は農作業の時間がとれるように朝食だけでなく昼食の分も持って田畑へ行き、そこで朝食をとった。水田まで運ぶ場合は三〇分以上かかった。昼食用のご飯はいたまないようにざるにあげておき、水を入れて食べた。暑いときには、昼食は家で食べた。田畑の仕事のない冬は家で食事をした。

夜はまた麦ごはんを炊いて食べた。夏は暑いので庭のかまどでご飯を炊いた。冬はご飯が傷まないし、朝明るくなるのが遅いので、次の日の朝の分を夜のうちに炊いておいて、朝になったらまた次の分を炊いた。

水汲み

水は一〇分くらい離れた共同井戸から運んだ。頭の上にブリキの丸い桶をのせて運ぶときは、水がこぼれないように桶の中にパガヂ（ひさご）を伏せて入れておいた。一斗缶に入れて、チゲ（背負子）で背負って運んだりもした。

旱害のときは水が出なくなるので、二〇分以上かかるよその井戸に行った。運んできた水は台所にある水がめに入れた。

共同井戸で水汲み
（写真提供：民族問題研究所）

パガヂを伏せて桶に入れる
（筆者による合成写真）

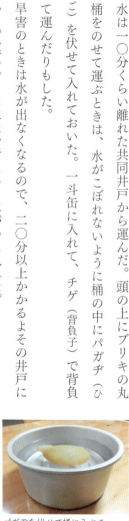

衣類作り

綿栽培をして、綿を売ったり、糸作りをしたりした。糸作りと言っても綿の種をとって柔らかくするなどの工程があり、すぐ糸ができるわけではなく大変な仕事だった。田舎は機織り機で布作りをしたが、私の家は町にあったので、布作りはしなかった。作った糸を持って行き、手間賃を払って布にしてもらい、長兄の嫁が家族の服に仕立てた。田舎育ちだったからできた。綿は強いので作業するときの服にした。「チマ（スカート）」〔長兄の嫁はチマの下に下穿きを付けて農作業をしていた。この下着は綿で作ってあったと思われる〕は、人絹を買って作った。

麻の栽培は田舎ではしていたと聞いた。私の家では栽培しなかった。麻は涼しいので麻の布を買って主に夏の衣類を作った。

씨아（綿車、綿花種取り機）
목화솜（綿花）
（2018年4月 霊山民俗展示館で撮影）

麻の布は三種類ある。大麻からできる「サンビ」、カラムシからできる「モシ」、そして「オベチャ」。オベチャは植物を見たことがないので何からできるか分からない。大麻は簡単によく育つ。普通の人はサンビの服を着た。モシは最高の品で金持ちしか着られなかった。

家ではサンビを夏の布団、枕カバー、蚊帳、米などを蒸すときに使う布などにした。麻は繊維に隙間があったので、綿のように繊維が詰まったものより夏物や蒸し物には適していた。夏の夜は暑いので私は庭で寝た。このとき蚊よけにサンビの布をかぶった。モシは高価だったから衣類作りには使わなかった。でも、モシにするカラムシは田んぼの端に数本生えていたので、春先に出た芽で餅作りをしたことがあった。

衣類は普通手縫いをして作ったが、必要なときはミシンも使った。ミシンのある家は少なかった。家にはミシンがなかったので、持っている家に行って使わせてもらったり、縫ってもらったりした。当時は足踏みミシンと手回しミシンがあった。私は使ったことはなかったし、作っているのを見たこともなかった。私が結婚するときの結納品は、姉の嫁ぎ先の手回しミシンで作った。でも誰が作ってくれたのか分からない。

布団カバー作りには洗濯に耐えるようにミシンを使ったと思う。また、洋服でも夏物の場合に使った。合わせ物や冬に着る綿入れのチョゴリは全部ほどいて洗濯し、また作り直さなければならなかったので、綿の入った冬物には使わなかった。ただ、「ヌビ（刺し子縫い）チョゴリ（上着）」といって、綿を入れてキルティング状に仕上げた服を作るときはミシンを使った。これはお金のある人でないとできなかった。ヌビチョゴリはほどかなくても洗濯できてよかった。冬物でもチマはミシンで縫った。もちろんミシンの無い人は手で縫った。ミシンで縫うと丈夫になるので、衣類が破れたりしたときの補修にも使った。継ぎ足すときはミシンの方がかっこもよかった。

使ったミシンがどこの会社の物か分からないが、当時「蛇の目ミシン」という名前は聞いたことがある。

洗濯

洗濯は仕事のあいまを見て、川で洗った。旱害のときは、水のある川が遠かったので、時間がかかった。

ふつう服は一〇日間は着ていたので、木綿の服は一着を三回洗った。

①川で洗う。
②家でソーダを入れて煮る。
③川で洗い流す。

午後いっぱいかかったが、取り込むところまでやるときは、朝から一日がかりでやった。

冬は汗を流さないので特に襟が汚れるが、すぐ洗うわけではなく、

かつて洗濯をした現在の川
（2017年4月撮影）

一冬をそれで過ごした後洗濯した。冬物は中に綿が入っていたので服をほどいて洗濯し、乾いてから作り直すので大変だった。

絹物でも下着でも多少糊付けした。

①糊付け〔米を水に漬けておいて、水を入れた石臼で挽いて粉にして、煮て糊を作った。白い衣類の場合は米を使ったが、色物は粒が付いて汚くなるので、小麦を発酵させて糊を作った〕。

②干す。

③生乾きのとき、二人で引っ張り合ってしわを伸ばしてから畳む〔布団のカバーなど縫っていない物〕。

④二人で向かい合って布を棒でたたく。

昔の綿糸は今と違って太いので、糊をつけないとほどけてしまうんじゃないかと思う。また、糊付けした布を磨いた石の上で棒でたたくと、服のもちがよくなったのだろう。四本の棒をまちまちにたたくので、すごくきれいな音だった。

熱い炭を入れるアイロン（火のし）があって、カバー類にはかけなかったがチョゴリ（上着）には使った。

다듬잇돌（きぬた打ちの台）と
다듬잇방망이（棒）
（2018年4月 霊山民俗展示館で撮影）

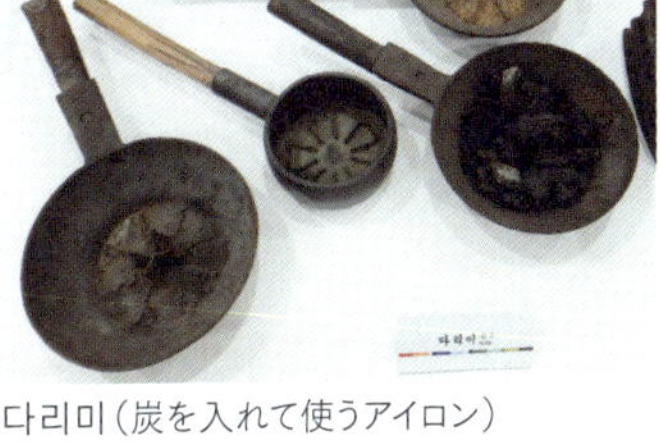

다리미（炭を入れて使うアイロン）
（2018年4月 霊山民俗展示館で撮影）

育児

長兄の嫁は子どもが乳児期には母乳をやり、離乳期以降は田畑から戻るとすぐ食事などの世話をした。学童期になると学校に行かせた。私は五歳のときから甥をおんぶし、学校に入ってからも帰って来てから赤ちゃんを世話したのはほとんど私だった。

女の人生は「生まれて、嫁いで、死ぬ」その三つだけ

当時は「女の人生は三つだけ～生まれたとき・結婚するとき・死ぬとき～」と言われた。直接誰かに言われたというわけではなく、幼いときから聞いていた。男はいろいろあるけど、女はそんなものだと思っていた。

一般的に女性は早くに結婚して、挺身隊に動員されるのを防ごうとした。また、戦争中だったので、徴兵前に結婚して子孫を残そうとした〔「一九四四年四月一六日から七月三一日まで朝鮮各地の兵事区で徴兵検査が実施される」京城日報〕。

結婚が決まると、親は娘を外に出さなかった。どうしても外で何かしなければならないときは、昼間を避け、夜暗くなってから出かけた。私も結婚が決まってからは恥ずかしくて、水汲みなど他人と顔を合わせる外仕事はしないで、家の中の仕事をした。

当時は、「食べる物は何でも食べていい。寝るのはどこでも寝てはだめだ」と言われた。恋愛結婚は村に一軒あるかないかというくらい恋愛結婚は許されない雰囲気だった。恋愛ということになれば、親は結婚式に顔を出せないくらい恥ずかしいことだった。私の従姉の娘も恋愛結婚したが、従姉は外へも出られず、よその結婚式にも出られなかった。

私の結婚を取り持ったのは父の従姉で、相手を見に行ったのはそれ

崔命蘭さんが作ったお膳かけの刺繍
（崔命蘭さん提供）

ぞれの母親だった。そのように、結婚は女が中心になって進められた。結納は、男の家から結納金や結婚式に着る服が二、三着、かんざし、指輪、敷布団や掛布団のカバー、餅などが送られてくる。女の家からは、夫やその親、兄弟が着る服、枕、お膳かけ等全部作って持って行く。それを「예단（イェダン＝礼緞）」という。すると、さらに男の家から「後金」がくる。しかし、家の経済状態によって物の質も種類も様々だ。夫は、家柄がよく日本で稼いできた人だと聞いたので結婚を決めたが、経済状態は少し違っていた。当時は物が不足していた時代でもあった。

お膳かけは、刺繍用の木枠に布を張って真ん中に牡丹の花や四隅に四君子（蘭、竹、菊、梅）の刺繍をした。絹糸を使って色合わせを工夫した。贈り物として作った着物は披露宴の日に持って行く。お客さんには作った物を入れた箪笥《たんす》の中を見せる。今はやっていないけど、戦争中でもしきたりだからやる、そういう時代だった。でも、戦争中で

結婚式
1945年1月3日
テーブルの上には
生きた鶏（雌・雄）
（崔命蘭さん提供）

物がなくて私はたくさん作れなかったし、夫の家は置く所もなかったから箪笥を持って行かなかったので、見せたりはしなかった。なお、枕やお膳かけは自分たち夫婦が使う物なので、嫁入りしたときに持って行く。「嫁入りしたとき」とは、相手の家に入って生活するときをいう。

結婚すると言ったって、やり方はいろいろある。その日のうちに女の家で式をやって、男の家で披露宴をする家もあれば、娘の方でやってから一年経って嫁に行くのもある。お金のある家は一年ぐらい、あるいは三年ぐらい実家に娘を置いておき、その間夫が行ったり来たりする。

私の場合は結婚式を一九四五年一月三日、私の家の庭でやった。式の前に髪をあげ、結納にもらったチマチョゴリに着替え、かんざしを挿し、指輪をはめ、準備した。新郎新婦の前にはお祝いの品が並べられていた。その中には生きた雄鶏と雌鶏もいた。うわさでは式の最中に卵を産むこともあったとか。もちろん私の結婚式ではそんなことはなかった。

式が終わってから、夫を私の家に残して、私が夫の家へ行って披露宴をした。「욱각시（ウッカクシ）」という身の回りの世話をする女性の付き添いが二人私について、その他に「상각（サンガク）」といって本来なら父がついて行くのだが、父が厄年だったのかついて行けないというので、代わりに私の従兄がついて夫の家へ普通のバスに乗って行った。父のいない人は叔父や兄など誰か男の人がついて行くことになっていた。

夫の家には嫁用に座布団が置いてあって、その隣に付き添いも座る。夫の家は小さくて場所がなかったので、隣の家の部屋を借りてサンガクの席を設けた。嫁に行ったらご馳走を盛り付けたお膳をもらう。一九四七年の父の還暦のときに母もお膳をもらったことがあった。嫁に行く家によっては付いて行った女性にもお膳を設けるが、私に付いて

父の還暦の祝い
1947年3月17日
（崔命蘭さん提供）

行った女性にはお膳はなかった。

少し経ってお膳を片付けてから、義父がいなかったので義母から順番に紹介されて親戚全部に私がお辞儀して挨拶を交わした。結局、夜一一時過ぎまで座っていて大変だった上に、バスがない時間だから馬車で三里（約一二キロ）離れた実家に四人で帰った。着いたのは午前二、三時ごろで、大変な一日だった。

今と違って当時は事前に何も知らなかったが、クンバンに入って私が着ていた服のひもを夫がほどいて脱がすとか、いろいろと儀式があった。

朝は起きることも知らないくらい疲れて寝ていた。私が出てこないから、姉たちは部屋に入るわけにもいかず困ってしまい、後から知ったが、隣の台所で鐘を鳴らしたという。夫が起きていくと、大切な娘に何をした、処女を奪っただろう、白状しろと言って、親戚の女たちみんなが赤ん坊の負ぶい紐で夫の片足を縛って吊り上げ、足の裏を板みたいな物で叩いて遊んだ。そういう風習があった。責められた夫が許しを求めて豚をつぶすお金を出したので、結婚式用に家で飼っていた豚をつぶして茹でてみんなで食べるなどして楽しく過ごした。お金を出すことは豚をつぶすという意味だった。私の実家ではそうやってにぎやかに遊んだ。

三日ぐらい夫婦でクンバンで過ごした後、夫は実家に帰った。また、「사돈을《サドヌル》 청는다《チョンヌンダ》」といって結婚式や披露宴以外に、結婚した後、別の日に相手の父母や叔父など親戚を招待し合う儀式がある。妻の家でやったら、今度は夫の家でやるが、終戦の年だったので、私は結婚式をするのが精一杯で、招待し合う儀式はできなかった。

付録　その他　資料・写真

一、霊山民俗展示館とその所蔵品

崔命蘭さんの故郷、霊山面は人口が五千人程の町だが、小さくとも充実した展示内容の「霊山民俗展示館」を二〇〇〇年二月に開館させた。建物の前には一九六九年に重要無形文化財に指定された二つの祭りを行う広場も併設され、また展示館横には歴史に関わる記念碑も設置されている。

この展示館の中には祖先の生活が忍ばれる品々が展示されており、本文の中でも紹介した。ここでは崔命蘭さんが見たことがあっても本文に挿入できなかった品々を載せた。

本文内の写真同様、二〇一七年四月に撮影した。

ハングル表記の名前がついていた物はハングルを先に、日本名は（　）に入れた。崔命蘭さんがつぶやいた言葉は「　」に入れた。

展示館のホームページ
http://www.cng.go.kr/tour/sites/00001312.web

展示館を広場から見た写真

展示館の外にある記念碑の一つ

영산3·1독립운동결사대 선서비（霊山3·1独立運動決死隊宣誓碑）
「昌寧郡には15の面があったが、独立運動をしたのは私がいた霊山面だけだった」

풍구(唐箕)

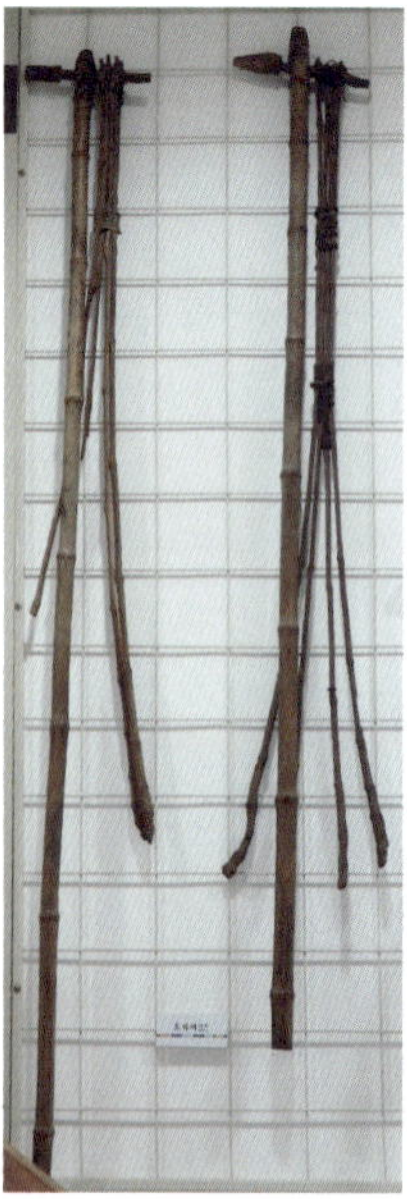

도리깨(くるり棒)

체(ふるい)

탈곡기(脱穀機)

가마니틀（かます織り機）

섬（俵）

가마니（かます）
「6斗ぐらい入った」

멍석（むしろ）
「手で編んだ。主に収穫した物を乾かすのに使った。むしろには四角いのと丸いのとあった。四角型は麦など量の多い穀物用、丸型は小豆など少量の時使った」

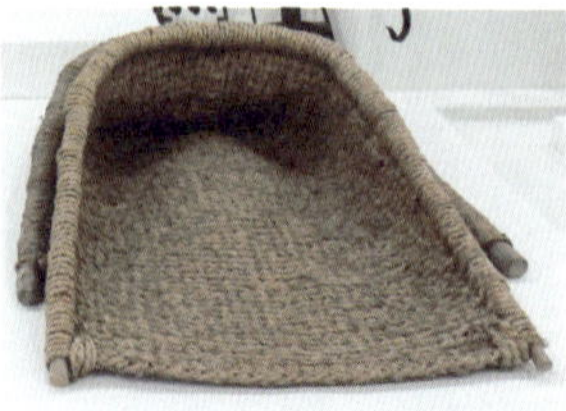

삼태기（箕）

우장（蓑）
「雨の日、農家の人が仕事で畑に行く時などに着る」

통발（筌）
「ドジョウを捕るため父や兄が竹で編んで作った。ドジョウが入ったら戻れないように編んである」

짚신（わらじに似た履物）

나막신（木靴）
「家に父のがあったが、履いたのは見たことがなかった」

약탕관
（薬草を煎じる陶製のやかん）

떡메（餅つきの杵）

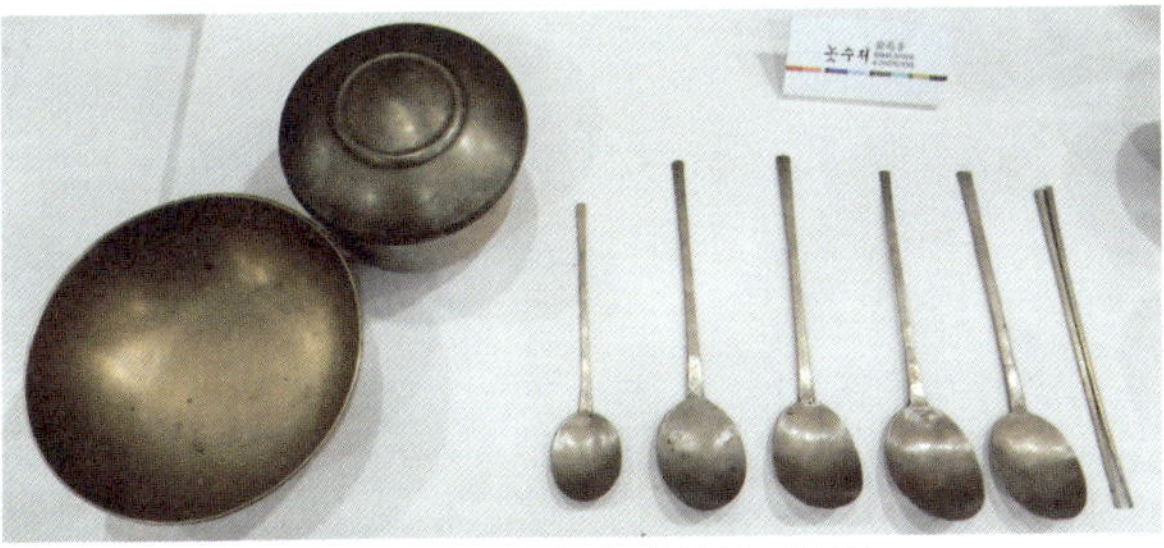

놋그릇（真鍮の食器）　놋수저（真鍮の匙箸）

목제기（木祭器）
「木でできている。法事に使った」

놋대야（真鍮の洗面器）
「金持ちが使った」

램프(ランプ)
「金持ちが使った」

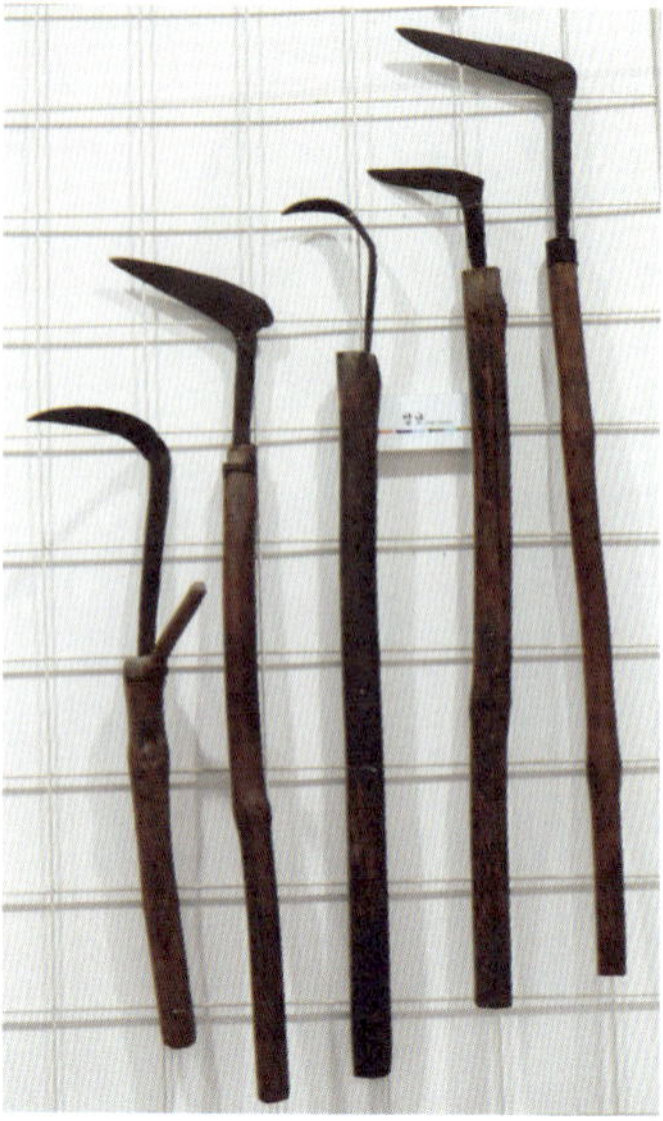

밀낫(柄の長い両刃の鎌)
「鎌は短いのが多かった」

작두펌프(井戸水汲み用手押しポンプ)
「あまり見かけなかったが、姉の家にはあった」

주판(そろばん)
「小学校では使わなかった」

호미（ホミ。とがった先で土を掘り、草取りをしたり芋などを掘ったりする。片手で使う小さい鍬）
霊山民俗展示館では名前のプレートはあったが、空白だった。

左は釜山の梵魚寺駅そばの農薬・苗店で筆者が買ったホミ。崔命蘭さんが見慣れていたのはこのタイプ。

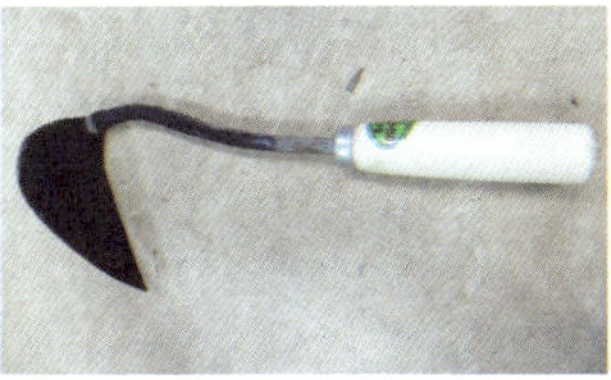
호미（小鍬）
現在販売している、昔からあるタイプの物

써레（馬鍬）
牛に引かせる代掻き用器具。2台重ねて置いてある。
手前の一台は、牛に取り付ける向かって右の棒がとれている。

現在の霊山小学校

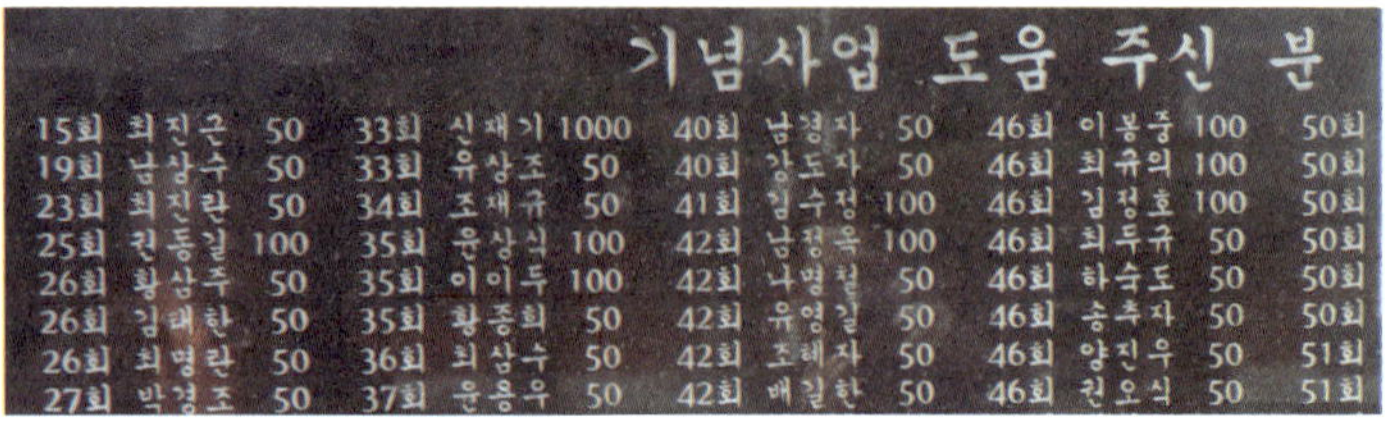

現在の校舎を建築するに当たって寄付した方の名を記した石碑が前庭に置かれている。
卒業生15回に次兄さん、23回にお姉さん、26回に崔命蘭さん。

南山にある記念碑「全霽将軍忠節事蹟碑建立推進委員会」の委員長名に
崔命蘭さんの次兄、崔振根さんの名前が刻まれている。
右から4行目「委員長　崔振根」

〈生家があった場所へ向かう〉

下の写真の黒い服を着た男性は生家があった場所に向かって歩いている。二章の生家図（本書、38ページ）にある堆肥小屋の方から大門があった方に向けて撮った。道はかつて牛車が通れないぐらい狭かった。崔命蘭さんの甥の崔鳳圭さんは青い扉の前にいる。この扉の中に生家があった。黒い服の男性と青い扉の間に大門があったはずだが、生家の周りの様子が今はすっかり変わってしまい大門があった位置ははっきりしない。

霊山市場の食堂のそばには昔なかったゴマ油作りの店があった

炒ったゴマが出てきた

様々な油作りの機械

三、崔命蘭さんの所蔵品から

엄나무（ハリキリ）の葉
「昔、山にあったのを採ったことがある。今は庭の隅に1本植えてある。春先に出る芽は天ぷらにするとおいしい」

목침（箱枕）
「夏、父母が昼寝に使った」

삼태기（箕）
「兄嫁が布を張って作った」

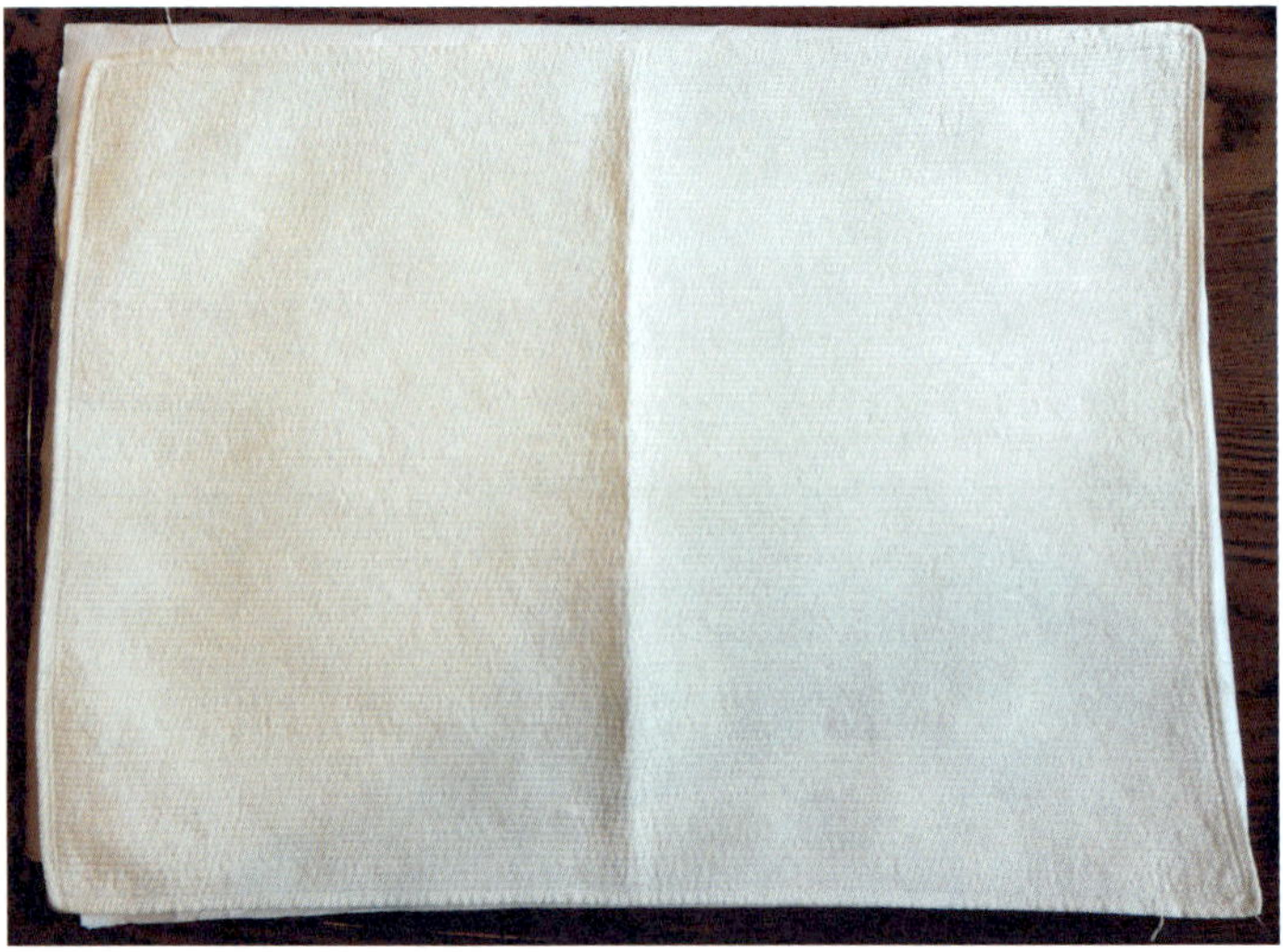

枕カバー
「ミシンで細かく縫って作った。これは冬の누비저고리（刺し縫いをした民族衣装の上着）や夏の布団作りにも使うやり方」目の細かい横線はミシンの縫い目。

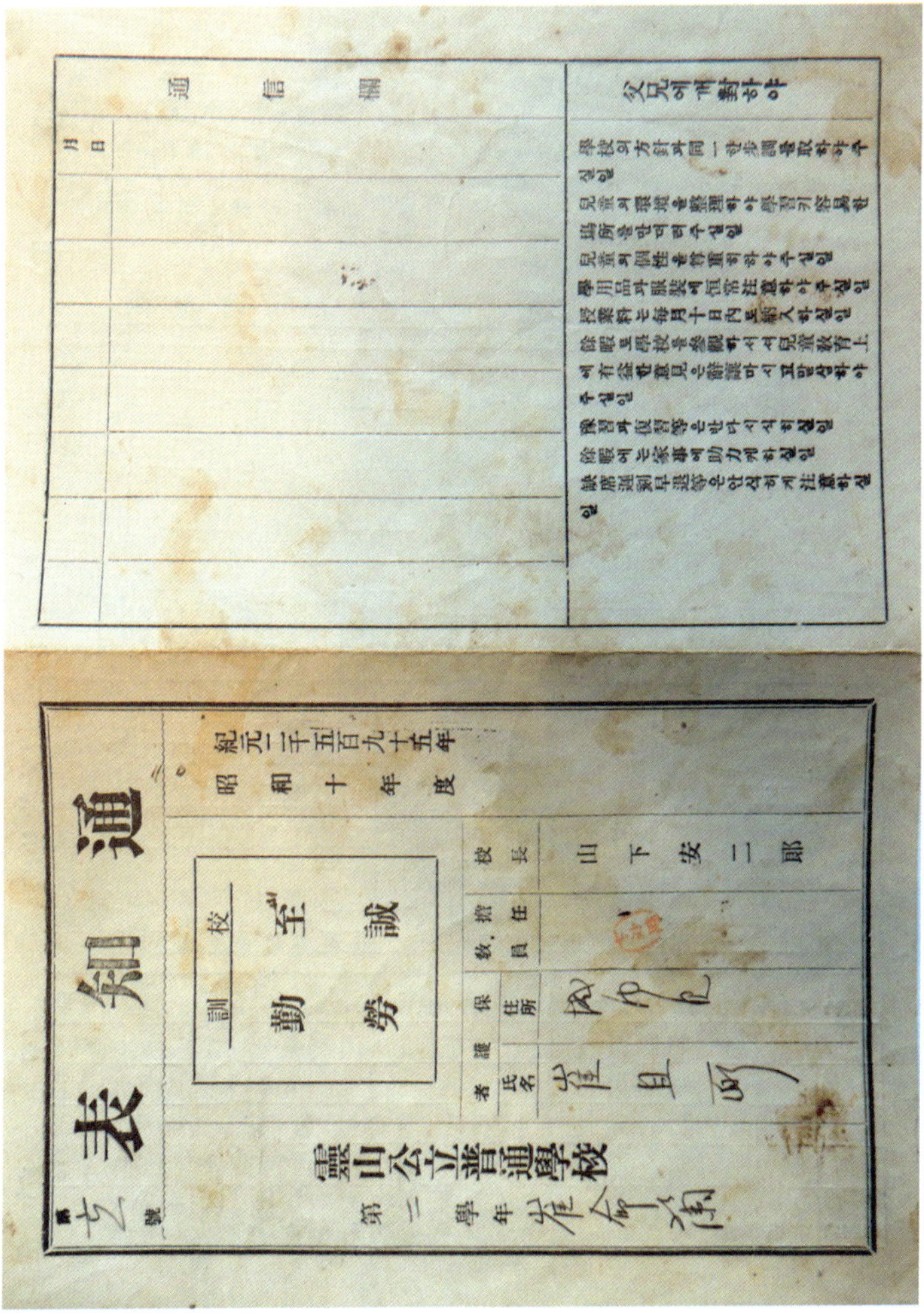

二年生のときの通知表の外面。
「次兄が預かっていて渡してくれた」

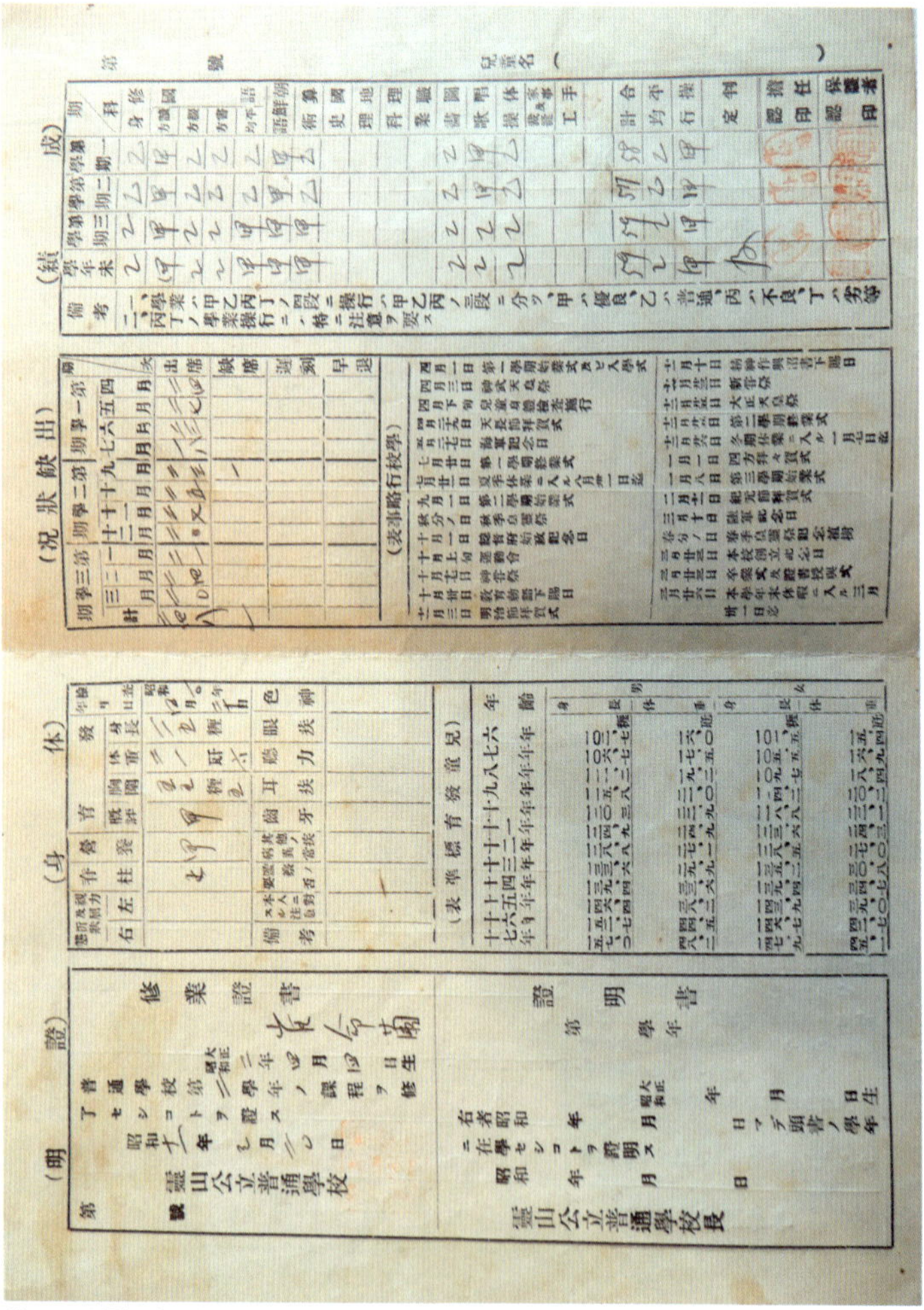

前ページ通知表の内面

四、川崎市ふれあい館「ウリマダン」で作った作品から

二〇〇四年四月、在日高齢者の識字学級として「ウリハッキョ」（私たちの学校）が始まり、その後「ウリマダン」（私たちの広場）と名前を変え活動を広げた。崔命蘭さんは、この活動に二〇一七年秋ごろから参加し始め、作文や絵の作品作りに取り組んでいる。その中の三点を左に載せた。字が見えづらいのでサインペンなど濃い筆記用具を使っている。

「絵の具で絵をかくのは
ウリマダンが初めて」

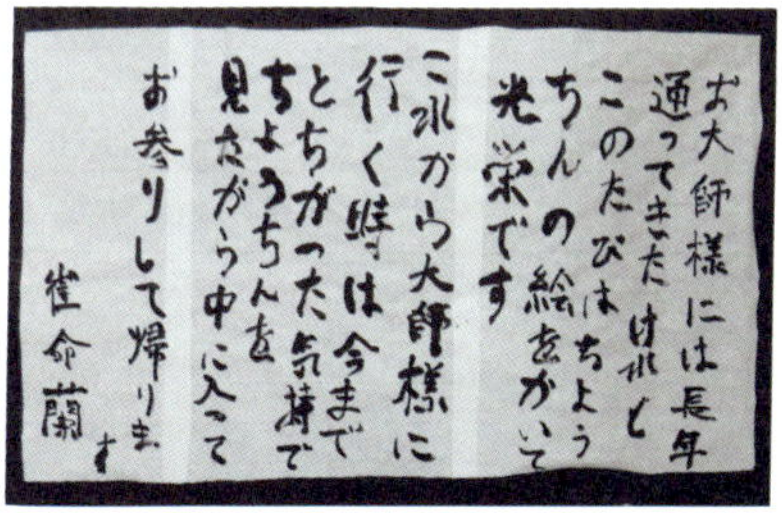
お大師様には長年
通ってきたけれど
このたびはちょう
ちんの絵をかいて
光栄です
これから大師様に
行く時は今まで
とちがった気持で
ちょうちんを
見ながら中に入って
お参りして帰ります
崔命蘭

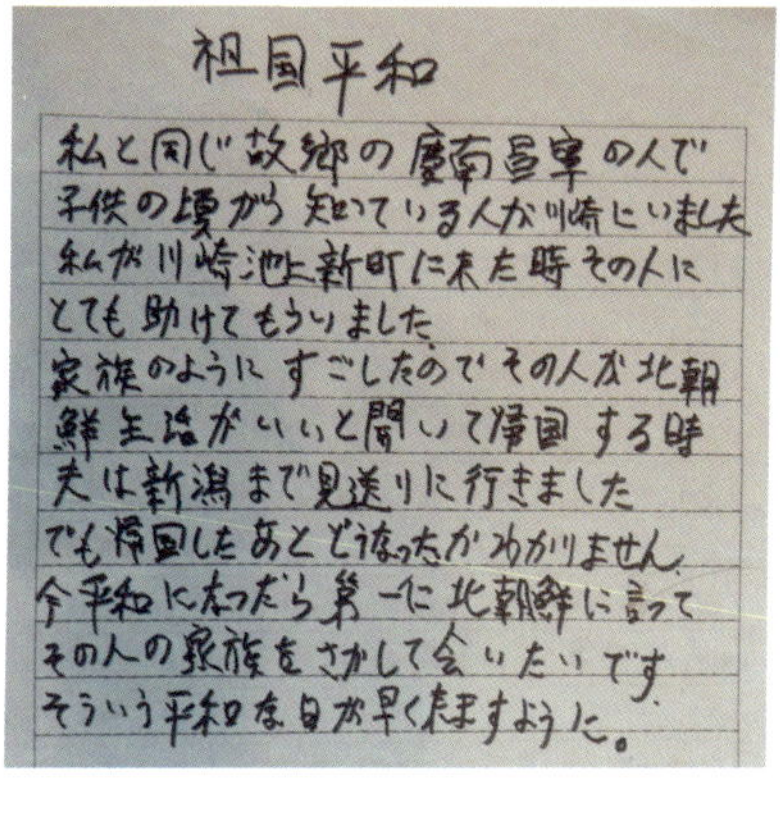
祖国平和

私と同じ故郷の慶南昌寧の人で
子供の頃から知っている人が川崎にいました
私が川崎池上新町に来た時その人に
とても助けてもらいました。
家族のようにすごしたのでその人が北朝
鮮生活がいいと聞いて帰国する時
夫は新潟まで見送りに行きました
でも帰国したあとどうなったかわかりません。
今平和になったら第一に北朝鮮に行って
その人の家族をさがして会いたいです。
そういう平和な日が早く来ますように。

おわりに

二〇一四年、高麗博物館の展示会が始まった夏に、長野で崔命蘭さんの暮らしを報告する機会があった。会の終了後、高齢の女性から「昔の暮らしと同じで心が痛んだ」と告げられたが、何が「同じ」と思われたのか確認できなかったのが残念だった。伊那地域は満州へ渡った貧農の家が多かったからその暮らしを思って心を痛めたのか、あるいは女性が置かれた境遇を思ってからか。

私が小学校高学年のころは高度経済成長政策が本格化する前だった。だから、地域全体にまだ田を中心にした農村風景が広がっていて、私の両親も農業をしていた。崔命蘭さんのお話を伺いながら、脳裡には私の子どものころの暮らしの記憶がよぎった。自給自足の暮らし、質素な食事、飼っていた動物や使っていた農機具など、多少の違いはあっても基本的にはよく似ていた。

昔から日照りや洪水などの自然災害に備えて、朝鮮半島の畑では多種類の雑穀を作り食糧自給をはかってきた。政府はその朝鮮の農民に米作を強要し、日照りのときには食糧不足に陥らせた。米作りに関する農機具が日本の物とよく似ているのは、日本が米作りを押し付けたからではないかと思った。日本に米を送るために作ったカマスは、日本の農機具販売会社が進出して広めたようだから、他の農機具についても同様に持ち込んだのではないかと思われる。農機具の会社だけではなく、朝鮮半島の植民地化は日本企業にとってうまみがある政策だったのだろうと思われる。

聞き取ったことの中で日本政府や総督府の理不尽な言動が気にかかった。一〇年ほど前から私は生まれ育った郷土の歴史に関心を持って

筆者が生まれ育った神奈川県葉山町の棚田。
町に残された唯一の棚田で、現在ボランティアが参加して米作りをしている。
（2019.5.29撮影）

いたので、改めて私の地域の昔の農業を調べて、聞き取った内容を考えてみたいと思った。

一つは棚田での稲作だ。私の地域では山の上まで棚田があり、水が張られた風景は昔からよく見ていた。昔の農業を知るお年寄りに尋ねたところ、日照りで水が出ないということはなかったという話だった。日照りのときは棚田でソバや粟を植えたという崔命蘭さんの話とは全く違った。そこで、地域の水脈の地図を見て、いたる所にある水源のいくつかを見学した。また、横須賀市自然人文博物館によれば一〇〇〇万年以上前にできた硬くて水を通さない葉山層群が分布しているとのことだった。表面は粘土質の土が覆い、雨水が溜め込まれ易く、それが地下水となってあちこちに出ていると思われる。その水を田んぼに引いていたのだ。政府は雨水を溜めこまない朝鮮半島の土質を知らなかったのか、それとも分かった上でも米作りを強要したのか、政府はどのように考えて押し付けたのかさらに調べてみたい。

もう一つは牛のえさの作り方だ。政府の役人がえさを煮ていた釜をひっくり返したという件だ。辞書には牛のえさとして「여물죽（煮た飼い葉）」、またえさ作りの道具として「여물솥（飼い葉を煮る釜）」という単語が載っている。単語が存在しているのは、かなり昔から続けられてきた伝統的な作り方なのだろう。それを否定するどのような根拠があったのだろう。この件も私の地域のえさ作りを調べようとしたけれど、今の所それを知るお年寄りを探せていないので、これからの課題だ。

この二点とも、当時の政府が戦争遂行の日本のために何の躊躇もなく朝鮮半島の人々に無理やり押し付けたとか、日本のやり方が一番いいと信じ込んで朝鮮の伝統的なやり方をなんら尊重することなく傲慢な態度をとったとか、そういう結論が出ないことを願っている。

また、牛のえさ作りの釜をひっくり返したのが朝鮮人だったというのは、衝撃的だった。同じ民族が対立関係に置かれる状況が真近につくられるのは植民地政策の罪の一つだ。言いようのない、心に重い体験だっただろう。

聞き取りを始めて何年かはふれあい館などでお話を伺った。あるときは午前一〇時から始めて食事もとらず、終わったのが一四時になってしまったことがあった。その続きを数日後にしたのだが、私はまだ疲労が残っていたのに、崔命蘭さんは元気だった。崔命蘭さんはこの三月末に九二歳を迎えた。目は見えづらいけれど、これまで風邪で寝こんだことはないとおっしゃる。何より体力は私よりある。

釜をひっくり返したのが朝鮮人だったという話は私の質問に答えてくださったのであって、始めからご本人が語ってくださったのではない。聞き取りを始めたときから全体を通して恨みなどの感情を出すことなく、ただ崔命蘭さんご自身が見聞きしたり実際に体験したことをたくさん語ってくださった。ときに絶妙な冗談で場を和ませながら。

私は疑問が浮かぶとそのままにしておけないので、同じようなことを何度も尋ねたがその度に辛抱強く答えてくださった。「もう八〇年も前のことでよく覚えていない」と度々おっしゃったけれど、私からすれば驚異の記憶力の持ち主だ。持ち前の体力、冷静さ、ユーモア、忍耐力、記憶力、そして、仕方のないことにはこだわらず前向きな姿勢を貫く、そうやって女性に不利な時代を生き抜いていらっしゃった。このような崔命蘭さんとの出会いがあったからこそ本にまとめることができたと感謝している。

聞き取り始めてから五年、たくさんの方々にお世話になった。聞き取りに参加してくださったトラヂの会の方々。崔命蘭さんを紹介し、聞き取りにもたびたび参加してくださった青丘社の三浦知人さん。いつのまにかお宅に伺って聞き取るようになって、娘さんたちにもお世話になった。霊山民俗展示館が見学できるように尽力してくださった鄭一男《チョンイルナム》さん。休日にも関わらず長時間、展示品の説明をしてくださった昌寧郡文化観光解説士の方。故郷の思い出の地を案内してくださった崔命蘭さんの甥の崔鳳圭さん。霊山民俗展示館で撮った写真を本に載せるに当たっては許可が得られるように尽力してくださった李《イ》潤玉《ユノク》さん。さらに、私が所属する朝鮮女性史研究会の方々にもお世話になった。聞き取りに参加してくださった三浦恭子さん、内容についてアドバイスし、文章校正もしてくださった樋口雄一さんと梁裕河《ヤンユハ》さん、本にする過程を通して様々お世話してくださった渡辺泰子さん。最後になったが、出版を引き受けてくださった三一書房、そして編集部の高秀美《コスミ》さんに感謝している。みなさま本当にありがとうございました。

二〇一九年七月

永津悦子

著者

永津 悦子（ながつ えつこ）
1949年　神奈川県三浦郡葉山町生まれ
2010年　高麗博物館会員
2014年　高麗博物館朝鮮女性史研究会会員

植民地下の暮らしの記憶
——農家に生まれ育った崔命蘭さんの半生

2019年8月15日　第1版第1刷発行
著　　者　永津 悦子　©2019年
発 行 者　小番 伊佐夫
印刷製本　中央精版印刷株式会社
装　　丁　Salt Peanuts
D T P　市川 九丸
発 行 所　株式会社 三一書房
〒101-0051 東京都千代田区神田神保町3-1-6
☎ 03-6268-9714
振替 00190-3-708251
Mail: info@31shobo.com
URL: http://31shobo.com/

ISBN978-4-380-19006-3 C0036
Printed in Japan